판문점

이호철 지음

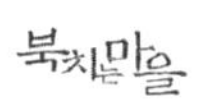

판문점

초판 1쇄 인쇄일 | 2012년 12월 19일
초판 1쇄 발행일 | 2012년 12월 20일

지은이 | 이호철
펴낸이 | 정구형
출판이사 | 김성달
편집이사 | 박지연
책임편집 | 이하나
편집 / 디자인 | 정유진 이원숙 이호진
마케팅 | 정찬용 권준기
영업관리 | 한미애 천수정 심소영
인쇄처 | 미래프린팅
펴낸곳 | 북치는마을
등록일 2006 11 02 제2007-12호
서울시 강동구 성내동 447-11 현영빌딩 2층
Tel 442-4623 Fax 442-4625
www.kookhak.co.kr
kookhak2001@hanmail.net

ISBN | 978-89-93047-46-2 *03800
가격 | 12,000원

차례

판문점 2

그 50년 전과 오늘의 남북의 모습은……

1

—옛날 그때에는 판문점에서 열리는 남북 간 회담 취재를 하려면 조선호텔 앞에서 8군 버스 편으로 출발하곤 했었는데, 헌데 요즘은…….

영호 말을 중간에 아예 끊듯이 진수가 냉큼 받았다.

—70년대나 80년대만 해도 그런 버스가 우리 세종로 종합청사 뒤편에서 출발했던 것 같은데, 요즘 들어선……. 남북 간에 그런 회담이 열리는지 어쩌는지도 잘 알 수 없고 말야.

그러자 영호가 다시 즉각 잇대었다.

—무슨 일이 있으면 그때그때 남북 간에 직통전화로도 이러고저러고 하는 모양이긴 하던데. 이를테면 그만큼 미 8군의 힘이 덜어진 것인지. 말하자면 일을 주관하는 것이 미 8군

이 아니라 이제는 우리 정부 관계 부처다, 그만큼 우리 정부가 제대로 그 일의 권 노릇을 하고 있는 셈으로 말이야.

그러자 다시 진수가,

—따는 그렇게 되는가. 그 말도 되네만, 근데 하필이면 70년대나 80년대도 왜 세종로 종합 청사 '뒤'였어? '앞'이었으면 어때서. 그러구, 요즘도 사사로운 일로라도 그곳, 판문점으로 들어가자고 들면, 으레 8군 쪽의 허락 쪽지 같은 것, 한 장은 받아 내야 하는 모양이던데.

하자, 영호도 다시 금방,

—암튼 그건 그렇고, 우리도 이젠 나이 80이야. 그때는 자네나 나나, 겨우 서른 살 될까 말까 했는데.

하자, 진수도 조금 뜸을 들이듯 잠시 가만히 있다가 다시,

—그때로부터 정확히 50년이 지났다는 것이, 너무너무 어이가 없네그려. 자네도 그런가. 나는 바로 어제 겪었던 일처럼 그 무렵의 기억이 뚜렷하게 되살아오누만. 그때, 그러니까, 1960년 9월 어느 날, 우리 중앙 부처 공보실 보도과에서 그 실무 일을 담당했던 최규정 형의 권고로 무슨 통신사 기자증 하나를 가짜로 내주며 다녀오래서, 그렇게 다녀와

서 소설 한 편이라도 쓰래서, 그저 무심하게 8군 버스에 실려 갔다가 돌아와, 「판문점」이라는 제목으로 단편소설 한 편을 썼던 곳이 바로 사직동 하숙방이었는데.

—뭐야? 무심하게?! 아니, 자네, 지금 꼭 50년 전의 그 일을 '무심'히 다녀왔노라 하고 있는데, 말도 아닌 소리 말어.

하고, 영호 쪽에서는 발끈하듯이 목소리에 날을 세웠다.

—게다가 지금 자네는, 판문점 회담에 취재 가던 내외 기자들을 담당했던 당시의 그 공보국 보도과 직원 최규정 쪽에서, 뭐? 자네에게 그렇게 권고를 해서, 자네는 그저 기신기신 타의 반으로 가짜로 만들어 준 기자증 갖고 그 내외 기자들 패거리 속에 껴서 갔던 것처럼 운운하고 있는데 사실은 그렇지가 않았지. 자네 쪽에서 게걸게걸 애걸하고, 돌아와서 소설 한 편이라도 쓰겠노라며 부탁을 했던 것이 아니던가. 이제 50년이 지났으면, 그런 일부터 제대로 말을 해야지, 자네는 아직도 그런 일부터 어물어물 넘기려고 드는구먼. 뭐? '무심'하게? 어쩌고……?

진수도 이 소리에는 와락 기가 꺾이며, 비시시 웃기부터 하였다.

—그러고 보면, 자네 그 말이 옳기는 한데. 아닌게 아니라 우리 남북 관계를 두고는, 그때로부터 꼭 반세기가 지났음에도, 요런 것 한 가지도 이렇게 자잘하게 신경을 쓰게 되는군. 아니, 이 경우는 꼭 신경을 쓴다기보다는, 그냥 그렇게 거의 체질화된 것이라고 할까, 저도 모르게 버릇 들여진 것이라고 할까, 그때로부터 50년이 지났으면서도 요런 것 한 가지조차 그냥 솔직담백할 수는 없으니 말이야. 실제로 그렇거든. 그건 자네 말이 맞아. 그때 내가 그렇게 판문점에 처음 가게 됐던 것이, 그 최규정이라는 녀석의 단순한 자의恣意에 따른, 이를테면 반은 우연이었느냐, 아니면 처음부터 내 쪽의 깊은 저의底意가 깔려 있던 목적에 따른 것이었느냐 하는 건, 애당초에 큰 차이가 있는 것이거든. 그런데 지금 이 시각에도 나는, 내 저의 쪽은 무의식일망정 거의 숨기는 데만 버릇 들여져 있거든. 우리 남북 관계라는 것이, 개개적으로, 개인 단위로는, 요런 것 한 가지도 요렇다는 말야. 지금도 자네가 그렇게 왕년의 명기자답게 날카롭게 지적해 주지 않았다면, 나로서는 이 국면을 그냥 그렇게 우물쭈물 넘어갈 뻔하지 않았는가 말야. 그러구, 이 차이는 사실

엄청 커. 이 일이 그냥 그렇게 우물쭈물 넘어갔을 때와, 사실을 사실대로 확실하게 밝히는 경우와는, 지금 우리 대화의 전체 국면부터 엄청 차이가 있어진다는 말이거든.

—으음. 그 점은 이제야 자네도 그렇게 사실대로 인정하는구먼. 그럼 됐어, 됐어.

그렇다, 그럼 됐다! 물론 진수도 그 점에 들어서는 동감이었다.

하지만 여전히 썩 개운하지만은 않고, 뭔지 뒷맛은 그냥 저냥 찜찜했다. 자신으로서도 딱 부러지게 알 수는 없지만, 마음 한구석에 그 어떤 미진한 것이 남은 대로 다시 너저분하게 지껄여 대었다.

—그렇게 판문점을 한번 다녀오게끔 손을 써 줬던 그 최규정이라는 자도, 그 뒤 10년쯤 지나서 70년엔가 급하게 세상을 떠났지. 68년에 내가 결혼할 때만 해도, 강원도 삼척이 고향이고 서울대 정치과를 나왔던 그 최규정도 축하객의 한 사람으로 내 결혼식장에까지 와 앉아있던 모습이 묘하게도 지금까지 또렷하게 기억이 나. 그 무렵에 그이는 불광동에 널따랗게 자리 잡고 있던 당시 '소년원' 뒤의 언덕 쪽

국민주택에선가 신혼 상태로 세를 들어 살았었지. 바로 나도 1988년부터는 그 소년원 자리에 미성 아파트 단지가 생겨서, 그 무렵부터 이곳에 살면서는 이따금씩 최규정을 떠올리며, 바로 그이 덕에 '판문점'엘 갔다가 그런 제목의 단편소설 한 편이 나오게 됐던 것을, 나대로도 더러는 곰곰 곱씹어 보며 잠깐잠깐씩 감회에 젖기도 했거든. 한데, 이렇게 자잘한 것들만 부분 부분, 또렷또렷히 기억되는 것이, 도대체 뭣인지……. 묘하단 말야, 묘해. 하지만 응당, 태반의 사람들 인생살이라는 게, 지나 놓고 보면 누구나 이런 것인지, 우리 남북 관계 지난 50년이라는 것도, 개인 개인, 개개 단위로는 바로 이런 것인지, 종당에는 이런 것인지, 일언이폐지하고 묘해, 묘하다고 밖에는 말할 수가 없어. 하기야 이렇게 매사에 들어, 평상平常을 살아가는 자잘한 것들에만 송두리째 함몰되어서 살아들 가는 작태들, 그런 수준으로만 써대는 소설들을 두고도, 우리 작단 일각에서는 60~70년대 한 때에는 '소시민성'이라는 용어로 조금 폄하하는 평론이 나오기도 했었지만 말이지.

아닌 게 아니라 그러고 보니까, 지금 두 사람의 당장의 느낌이라는 것도 바로 이러했다. 둘이 지껄이는 분위기부터가 처음부터 그냥 이 서울 시정市井 속을 하루하루 살아가는 사람들의 소리들이어서, 영호 소리건, 진수 소리건, 영호, 진수, 어느 쪽에서 지껄이더라도 그저 그렇게 하나 마나 한 소리들 같아서, 그때로부터 50년이 지나서 다시 '판문점'을 둘러싼 우리네 남북 이야기를 새로 쓰기로 한다면서, 정작 처음부터 이런 식으로만 쭝얼쭝얼거리고 있는 스스로들부터 슬그머니 어이가 없고 조금 우스워지기부터 하였다.

하지만 실제로 사람이 한 세월을, 이를테면 50년간을 살아간다는, 혹은 살아온다는 실제 국면이라는 것은, 그 어디서나 일단은 이런 것이 아니겠는지. 지난 50년간의 '판문점'을 놓고 한번 본때 있게 소설 한 편을 써 보자는 것도, 아무리 목에 어깨에 힘을 주어 본들, 구경적으로는 별 볼 일 없게 되는 것도, 이를테면 80이라는 나이가 되어 보고 나서야 제대로 실감을 할 수 있는 것이 아니겠는지…….

바로 50년 전 그때, 진수가 그렇게 가짜 통신사 기자 자격으로 판문점엘 처음 갔을 때, 영호는 그때 어엿한 동양통신

기자로 바로 그 현장에서 첫 인사를 나누었던 것이다. 그렇게 그때로부터 피차에 이쪽은 신진 소설가로, 그리고 상대는 그 한때의 정치권을 주름잡던 정치부 기자로 서울 거리에서 서로 낯을 익히며, 그 뒤로 지난 50년간을 그러저러하게 어울리며 살아온 사이였다. 이쪽은 차츰 중진 소설가로, 그쪽은 언론계 중진으로, 어슷비슷한 동네에서 응당 서로 말도 놓아 가며 편편하게 지내 온 사이였다.

그런 두 사람이 이렇게 얼마만인가, 다시 문득 만나서, 더구나 영호 쪽도 버얼써 언론계 현직에서는 물러나 있었고, 진수 쪽도 이 서울 바닥에서는 원로 소설가로 오늘도 어쩌다가 만나, 마침 온 나라가 북의 김정일 국방위원장이 세상 떠났대서 온통 난리법석인 판국에 이렇게 단둘이 우연히 마주 앉은 터였다.

이러니, 일단은 1960년 9월, 진수가 그 소설, 「판문점」을 썼던 이야기부터 서로 나누게 된 것도 전혀 엉뚱할 수만은 없을 터였다.

한데 도대체 그 소설을 두고도 과연 어디서부터 어떻게 이야기를 꺼내야 했을 것인가.

그 옛날 그때도 영호와 진수는 국내외 기자들이 가득 탄 판문점행 버스 중간 자리쯤에 군청색 기자 완장 하나씩을 오른팔에 끼고 나란히 앉아있었다. 그 일을 담당하는 8군의 미국 군인부터가 이런 일을 해내는 데 있어 진수가 보기에도 너무나 어수룩했다. 그저 한국 정부의 그런 기자들을 관할하던 부처, 공보실 공보국 보도과 쪽에서 기자 명단 쪽지만 넘어오면 인원수만 챙기는 둥 마는 둥 오케이 오케이여서, 진수도 어쩌다 한번 '판문점'이라는 델 구경 삼아 가 보는 일이 심지어 어이가 없을 정도로 어렵지 않은 일이었다.

그 소설 속에서는 주인공 진수가 본시 서울 태생으로 설정되었지만, 사실은 불과 10년 전인 1950년 12월에, 서울 기준으로는 1·4 후퇴 때, 북에서 막 월남해 왔던 작가 본인이 주인공이었던 것이다. 다시 말해 그때로서는 진수라는 주인공 인물부터 그렇게 픽션으로 설정해야만, 대강 그런 수준의 소설 이야기나마 작가 의도대로 진전시킬 수가 있었던 것이다.

이를테면 1950년 12월에 친족을 몽땅 북에 남겨둔 채 홀몸으로 달랑 부산으로 피난을 나와 있던 진수로서는, 그로부터 꼭 10년이 지났던 1960년 그때에, 모처럼 이렇게 어렵사리 남쪽의 기자 자격으로 판문점엘 한번 가보는 마당이면, 응당 뭐니 뭐니 판문점 현지의 형편 돌아가는 것을 보아 북쪽에서 나온 기자 하나를 물색해서, 진수가 이렇게 남쪽에 나와서 한 사람의 신진 소설가로 어엿하게 살아있다는 소식이나마 은밀하게 어머니, 아버지에게 알릴 길이 없을까 하고 우선 일차적으로 엄두나마 냈을 것은 너무 당연하였다.

그리고 이 일은 기대했던 수준 이상으로 이뤄 냈던 것이다. 그때 그렇게 돌아와서 1961년 3월호 <사상계> 잡지에 발표했던 그 소설「판문점」에서는, 물론 그런 쪽의 이야기는 털끝만큼도 비치지 않았지만, 그때 그 현장에서 이야기를 나누었던 그 상대 여기자에게 진수는 사실대로 은근슬쩍 털어놓았었다. 실은 자기는 북에서 고3이었던 1950년 12월에 북쪽에서 남쪽으로 나왔다. 그렇게 1955년부터 소설가로서 남쪽에서 살고 있다, 그리고 현재 북에서 요인으로 활동하고 있는 모모는 이종사촌 형님이고, 그리고 또 모모는 외6촌 형님이라고.

그러자 상대 여기자도 엄청 놀라며, 그 이종사촌 형님이라는 모모는 현재 자기들의 경제 쪽 강의를 맡고 있어 노상 자주 만나고 있다고까지 운운하며 반색을 하고, 대번에 금방 그쪽 관계 기관에 통고해 불과 몇 분 뒤에는 인민 군복 차림의 덩치 큰 청년 하나가 커다란 카메라까지 떠메고 와서는, 그게 이 동무라는 말이오?! 하며 절컥, 절컥, 절컥 사진 몇 장을 찍어 갔었다. 그때도 진수는 혹여 이런 사실들을 이 남쪽의 관계 기관에서 알게 되면 어쩌나 하고 가슴이 후들후들 떨려 오면서도 이만하면 됐다, 일단은 성공이다, 이제 북의 친족들도 내가 이렇게 남쪽에 나와서 버젓이 살고 있다는 사실만은 알게될 것이 틀림없다, 그러니 이번에 이렇게 판문점에 왔던 기본 목적은 완전히 달성됐다! 하고 마음속으로 쾌재를 불렀던 것이다.

요컨대 진수가 공보실 보도과의 기자들 담당인 그 최규정을 부추겨서 그런 식으로 유령 통신사 기자증 하나를 얻어 판문점에 가 보았으면 하는 엄두를 냈던 핵심도, 뭐니 뭐니 해도 바로 이것이었다. 판문점을 한번 다녀와서 소설 한 편을 써 보겠다! 그런 것은 당시의 진수로서는 듣기 좋은 핑계에 불과했다. 사후에, 이 사실이 혹여 들통이 나서 관계 기관에서 오라 가라 하며 뒤탈이 나더라도, 이 일을 담당했던 최규정 쪽의 입장만은 편하게 해 두자는 나름의 배려까지 약간은 깔려 있었던 것이다.

이 점으로 말한다면 1960년 가을 그때도 이 남한 사회는 명실공히 삼엄森嚴 일변도로만 뻗어 가던 북한 사회에 비한다면, 미 8군 관할하의 이런 일은 형편없이 물렁물렁하였고 어이없을 정도로 허술했었다.

영호 쪽에서 다시 비시시 웃으며 말했다.

—그러니까 처음부터 자네는 단단히 복선을 깔고 있었지. 북의 가족들에게 자네가 그렇게 살아있다는 소식이나마 전해 보자는…… 나쁜 자식.

—지금에 와서도 자네는 그랬던 나를 '나쁜 자식'이라고 하누만. 하긴 그 옛날 70년대와 80년대에 내가 그 뭣이냐, '재야 민주화운동'인가 하는 것으로 두 번에 걸쳐 '보안사'다, 지금은 '기무사'지만, '중정'이다, 끌려가서 조사를 받을 때도, 나는 나대로 그 옛날의 그때 그 일까지 수사관들이 조사 조목條目으로 꺼낼까봐, 마음속으로는 조마조마하고 여

간 전전긍긍해 한 게 아니었어. 아닌 게 아니라 그 무렵, 그러니까 그 뒤, 70~80년대에 들어서서 내가 대한민국에서 벌써 어엿한 소설가로 <작가 탐방>이니, <명작의 현장>이니 하고 큰 신문사의 문화부 기자 혹은 여성잡지 기자들과 몇 번에 걸쳐 판문점엘 다녀오곤 했던 것도, 그 「판문점」 소설 덕이었어. 70~80년대에 그렇게 우리 보안 당국의 조사를 받을 때도 수사관들은 하나같이 그러더라구.

—소설 「판문점」만 해도 좀 재미있느냐, 그렇게 재미있는 소설만 쓰면 당신더러 어느 누가 시비를 걸 것이냐. 그런데 괜스레 그런저런 정치 단체에 껴서는 그 뭣이냐, 성명이다, 뭐다, 독재 반대다, 민주화다, 이러고 저러고 돌아다니니까 이런 일에 종사하는 우리까지도 이렇게 골치 아파지는 것이 아니냐. 실은 나도 1·4 후퇴 때, 평양서 고등학교 3학년 다니다가 이 남쪽으로 나온 터수여서 당신이 도저히 빨갱이가 될 수 없다는 건 첫눈에 척 보면 알게 되어 있었어. 그러니까 이 참에 풀려나가면 나랑 같이 영낙교회나 나가자구. 이런 걸로 나까지 골치 아프겔랑 하들 말고. 알았어?! 이랬었던 것이야, 라고 진수도 순순히 받았다.

2

이렇게 진수가 꼭 50년 전 1960년 9월과 이듬해 61년 5월 9일인가, 두 번에 걸쳐 그 판문점이라는 데를 갔을 때는, 바로 얼마 전에 세상 떠난 김정일 국방위원장은 고작 열아홉 살 밖에 안 되어 있었다. 그리고 우리 남쪽도 제1공화국, 이승만 정권이 무너지고, 야당이라는 것도 민주당이 벌써 두 파벌로 갈려서 똑같이 으르렁대며, 구파가 아니라 신파라던 장면 내각이 이 남한의 권력 실세實勢로서 막 들어서던 때였다.

자, 그러면 그 무렵 그렇게 진수가 두 번째로 판문점엘 갔었던 1961년 5월 초의 우리 정치권의 분위기나 움직임부터 알려면 우선 그 당시의 간추린 일지日誌를 통해서나마 한번 더듬어 보는 것이 가장 손쉬울 것이다.

1960.4.27. 이승만 대통령 사임서를 국회에 제출. 즉시 수리. 대통령 권한대행에 허정 외무장관 선임. 1960.4.28. 이기붕 일가 자살. 조용순 대법원장 사표를 국회에 제출했으나 반려. 1960.5.29. 이승만 대통령, 하와이로 망명. 1960.8.21. 제2공화국 장면 내각 성립. 1960.10.21. 맨스필드 미 상원의원, 오스트리아식 중립화 통일 방안을 제시했으나 우리 정부에서 반박. 1960.11.24. 사회대중당 결성(대표 김달호). 1960.12.12. 서울시 및 도의회 의원 선거. 1960.12.15. 시 · 읍 · 면 의회 의원 선거. 1960.12.26. 시 · 읍 · 면장 선거. 1960.12.29. 서울 시장 및 각 도 도지사 선거.

그리고 그 이듬해, 1961년에 들어서도,

1961.1.5. 신민당 소장파 국회의원들 남북 간의 경제 교류 주장. 1961.1.8. 혁신당 결성(대표 장건상). 1961.1.21. 통일사회당 발족(서상일, 이동화, 윤길중). 1961.2.1. 민의원, 열흘 뒤인 2월 11일 자로 창간 예정이던 <민족일보>의 자금 출처 조사 개시. 1961.2.25. 민족자주통일중앙협의회(민자통) 결성. 1961.3.22. 혁신계 및 대학생 일부, '데모 규제법'

과 '반공법' 2개 법안을 악법 규정. 1961.4.28. 61개 우익 단체들 서울, 대구, 부산 등지에서 일제히 '용공' 규탄 데모 벌임. 1961.5.5. 민족통일전국학생연맹, 남북 학생의 판문점 회담 열기로 결의. 1961.5.13. '민자통' 주최 궐기대회. 그 사흘 뒤에 5 · 16 혁명…….

이렇듯 1960년 4월 이후 이듬해 5월 초까지의 이 남쪽의 시국 변화는 비록 눈 깜짝할 사이 1년 남짓이었을망정 엄청났던 것이다. 하지만 그 엄청났던 데 비해, 정작 그 실제 알맹이 속을 자세히 들여다보면 북쪽과의 관계에 들어서는, 그 불과 2년 전, 1959년에는 진보당 사건으로 조봉암이 처형을 당했으며, 또한 5 · 16 거사 뒤로 박정희가 들어서서는 <민족일보> 발행자를 비롯, <청맥> 잡지와 통혁당 사건, 인혁당 사건 등으로 1970년대 초에 이르기까지 줄줄이 무더기로 처형을 당했을 정도로 남북 관계는 여전히 삼엄 일변도였다.

그러니 진수로서는 그때 소설 「판문점」을 쓰는 데 있어서 혼자 내심으로는 당국 쪽의 눈치를 나름대로 보지 않을 수 없었다. 더구나 그 작품이 발표되고 나서 두 달 쯤 지난 5

월 9일경에 다시 두 번째로 판문점을 방문했을 때는, 북쪽에서 취재 나온 이화여전 출신인 월북자 아주머니 기자 하나가 친근하게 다가와 그 소설을 벌써 읽었노라고 반색을 하고(그때도 그이 쪽에서, 바로 이 본인이 소설 「판문점」을 쓴 작가라는 것을 이미 꿰고 있다는 사실에 대해 내심 얼마나 놀랐던지!) 마침 그때 같이 취재 나왔던 러시아의 정부기관지 이즈베스챠 기자까지 직접 소개해 주면서 혹여 남쪽 소설가 자격으로 이 분의 특별 인터뷰 요청에 응할 수는 없겠느냐고 제의해 와, 진수 쪽에서는 일단은 와락 반가워 반색은 했으면서도 조심스럽게 사양을 했던 터였다.

만에 하나 그때 그 제의를 진수가 받아들여서 그 기사가 모스크바의 이즈베스챠 신문에 크게 게재되었더라면, 불과 1주일 뒤 5 · 16이 일어났을 때에는 어찌 됐을 것인가. 한바탕 무더기로 잡혀 들어가던 그 패거리들 속에 진수도 껴있기 십상이었고, 그냥 무사히 넘어가지는 못했을 터였다.

그 일을 두고서는, 그로부터 꼭 50년이 지난 2012년 이 시점에 와서 생각해도 스스로 아슬아슬하게 여겨지기도 하는 것이다.

그러니까 만에 하나 60년 9월과 61년 5월 초, 그렇게 두 번에 걸쳐 판문점에 갔을 때, 진수 자신이 실제로 겪었던 그 두 가지 일, 첫 방문 때 그렇게 그런 방법으로 북쪽의 친족들에게 자신이 남쪽에서 소설가로 잘 살아있다는 소식을 전했던 일과, 두 번째 방문 때의 소련 정부 기관지인 이즈베스챠지의 인터뷰 요청에 그냥 순순히 응해서 그 기사가 커다랗게 났었더라면, 그때 1961년 3월호 <사상계>지에 「판문점」이라는 단편소설로 발표되어 제7회 '현대문학상'이라는 것까지 안겨 주며 일약 그 나이 고작 30에, 과연 그 지경까지 문명文名이 높여 지기가 했을까.

특히나 그 인터뷰에 응해서, 그즈음의 이 남쪽 사회 분위기에만 휘말려 들어 아무 소리나 함부로 텅텅 지껄였었다가는, 자칫 그 무렵 일본에서 돌아와 <민족일보>를 창간했다가 북쪽 간첩으로 몰려서 사형에 처해지기까지 했던 조용수 사장 꼴이 날 수도 있지 않았을까. 바로 이 차이가 얼마나 큰 것인가.

만에 하나, 그때 그런 일까지 소설 속에서 정면으로 다루었더라면, 소설 「판문점」부터가 지금의 그것보다 훨씬 더 당대의 남북 관계를 약여하게 그리고 절절하게 다루어 내기도 했었을 터였다. 또한, 그때 그 인터뷰에 그대로 순순히 응해서, 그 당대의 남북 관계까지도 속마음 그대로 죄다 물불 가리지 않고 털어 놓았더라면 하는 그런 쪽의 아쉬움도, 그 작품을 써낸 본인으로서는 50년이라는 세월이 흘렀으되 지금까지도 여전히 마음 한구석에 그대로 남아 있다. 하지만, 그 <민족일보> 사장 모양으로 자칫 황천黃泉행으로 그 젊은 나이에 아예 요절당할 수도 있던 것이었다.

이런 점까지 두루두루 생각해 보면, 그 모든 것은 이를테면 소설이라는 것 한 편도, 그때그때 나름대로 숙명이라는 것이 있지 않은가 싶고, 진수 자신의 그때그때 의도와는 상관없이 저 어느 하늘이나 산천, 조상께서 은밀하게 도와준 측면도 전혀 없지는 않았던 것 같다.

실제로 그 옛날에 썼던 그 소설도, 1945년 일제의 사슬에서 해방되고 곧장 미국과 소련이라는 외세에 의해 남북이 갈라지고 나서 겨우 15년 정도 지나 판문점이라는 곳에서 이를테면 남과 북이 그렇게 개개인 차원으로는 처음으로 모처럼 사사롭게 만나서, 당시의 남북문제를 두고 서로 그

만한 수준으로일망정 오순도순 토론 비스름한 것이라도 해 보았었다는 점이야말로, 지금에 와서 돌아보아도 매우 괄목할 만한 사실이기는 했었다.

기왕 이런 식으로 이야기가 나온 바이면, 그 소설 속의 한 대목을 이 자리서 아예 한번 그대로 인용해 보자.

"참, 댁에서는 우리 남북 교류를 어떻게 생각하세요?"

그녀가 또 이렇게 물었다.

"네? 교류요? 글쎄. 결국 이렇죠. 지금 당신하고 나하고 교류가 가능해지지 않았습니까. 참 간단하게……. 그러나 이런 걸 빗대어서 모든 것이, 다 이런 투로 될 수 있다고 생각하는 건, 지금 우리가 처해 있는 처지로서는 너무 소박하고 낙천적인 생각 같군요. 현 남북 관계는 원체가 착잡해요. 6·25전쟁 이전부터의 그 끔찍끔찍한 이 리얼리티를 리얼리티대로 우선 포착하는 것이. 참, 댁에서는 리얼리티라는 말은 잘 모르겠군."

진수는 이야기가 원체 신명이 나지 않아 이렇게 뜬적뜬적 말하고는 씽긋 한번 웃었다.

"사실주의의 그런 것 말이지요?"

"예, 바로 그런 거요. 그런 것과 관련이 있는 문제거든요. 민족의 양식이라는 것도 현실적인 조건 앞에서는 당장 먹혀들 여지가 없어요. 현실은 어떻게 해볼 도리가 없게 되어 있지 않나요?"

하고 진수 쪽에서 받자, 그녀가 살살 달래듯이 말했다.

"그렇지가 않아요. 조금도 복잡하지도 착잡하지도 않아요. 지극히 간단하지요. 당신도 자기 운명은 자기가 쥐고 있다고 생각하시지요? 그렇지 않으세요? 그렇지요? 그러니까 간단하지요. 패배 의식과 우유부단은 못써요. 문제는 간단한 걸 괜히 복잡하게 생각하려고 해요. 교류를 하면 교류가 되는 거예요."

"하지만, 피차 타산이 있지요. 그런 본질론이 통하지 않아요. 그렇게 간단간단히 생각하는 건 당신들의 상투적인 생각이고, 이편 경우는 또 이편 경우거든요. 이편의 내력이 또 있어요. 철저한 현실주의가 작용하는 거지요. 막 하는 말로, 먹느냐 먹히느냐 하는 측면 말이지요. 우리, 조금 더 얘기가 솔직해져야겠군요."

그러자 그녀는 잠깐 두 눈을 깜짝깜짝했다.

"누가 먹고 누가 먹히나요? 그 발상법부터가 비뚤어진 생각이야요. 요컨대 피할 까닭은 없어요. 어떻게 생각하세요? 정치의 표준이라는 걸 어디다 두고 계시나요? 어느 특정된 개인의, 혹은 집단의, 감정적인 장애라든가, 타성에서 오는 고집이라든가, 우선 그런 것은 제거되어야 하지 않아요? 선택할 권리는 묻혀서 사는 일반에게 있어요. 그 사람들에게 선택할 기회와 장소를 주어야 해요."

그녀는 조금 얼굴까지 붉히면서 와락 강렬한 어조로 이렇게 말했다. 진수가 곧장 응했다.

"그렇지요. 선택할 자유를 주어야죠. 아무렴요. 당신들은 줍니까? 당신들 세계에서 자유라는 건 어떤 모습을 지니는가요? 자유조차 혹시 강제당하는 건 아닌지요? 설령 그것이 당신들이 말하는 진보적 민주주의가 표방하는 선택된 몇 사람의 미래에 대한 일정한 역사적 비전이나 전망에 안 받침된 옳은 강제라고 가정하더라도 말이죠. 어때요? 거기서 견딜 만해요? 솔직히 말하세요."

진수는 조금 신랄한 구석을 찌른 듯하여 비죽 웃었다.

순간 그녀는 발끈했다.

"신념이 문제지요. 자유는 허풍선과 같은 허황한 것일 수가 없어요. 자유의 진가는 그 사회 나름의 일정한 도덕적 규범과 인간적 품위와 결부가 되어서 비로소 제대로 설 수 있는 것이지요. 자유 이전에 정의가 있어요. 그렇지 않으면 자유는 이용만 당해요. 빛 좋은 개살구지요. 우리 모랄의 기본이 뭣인지 아세요? 우리 민족의 나갈 바, 큰 방향이야요. 개인은 거기 째어 들어 있어야만 해요. 그 속에서의 자유야요. 결국 이념이 문제겠군요. 당신의 그것은 나태 그것이야요. 타락하고 싶다는 말밖에, 놀고 싶다는 말밖에 아니야요. 자유에 대한 옳은 인식도 없고, 일정한 이념도 없고, 있는 것은 그날그날의 동물적인 희뿌연 자기 밖에 없어요. 비트적거리고 주저앉고 싶은 자기……."

"그럼, 자기를 팽개치고 무엇이 남아요. 놀고 싶고 적당히 나쁜 짓 하고 싶은 자유란 최고급이지요. 사람은 원래 그렇게 생겨 먹었어요. 그것을 크낙한 관용으로 받아 안을 수 있는 그런 사회가 있어요. 부피와 융통이 있는, 그런 것이 적당히 통할 정도로 용서가 되면서도 전체로 균형이 잡혀 있는……. 참, 어느 쪽이 허풍선인지 한번 따져 볼까요. 자기조차 송두리째 팽개쳐 버린 이념 덩어리가 허풍선이냐, 그렇지 않으면 적당히 자기를……."

"천만에, 자기가 없이 어떻게 이념이 있을 수가 있어요? 자기를 왜 팽개쳐요. 완벽하고 명료한 자기는 이념에 밑받침 되어 있어야 해요. 그렇지 않고는 흐늘흐늘하고 비트적거리는 자기의 검불만 남아요. 당신의 자유에 대한 견해는 썩어빠진 거야요. 쉰 냄새가 나요. 곰팡이 냄새가……. 어마아, 그런 논리가 어디 있어요?"

"있지요. 있구 말구요. 사람이 지니고 있는 내면의 부피와 깊이는 한이 없어요. 당신들은 사람도 어떤 효율의 데이터로만 간주하고 있어요. 당신들 사회에서 옳다 그르다 하는 그 기준이 대강 짐작이 되는데, 일면적인 거지요."

"아니야요. 다만, 지금 우리들의 현실이 다급해 있다 뿐이지요. 원인은 그것이야요……."

……(중략)……

마침 조금 전의 외국인 여 기자가 옆으로 지나가고 있었다. '오우, 원더풀' 히쭉 웃으면서 이런 표정을 했다…….

그때 진수가 처음으로 판문점엘 가서, 마침 북에서 나와 있던 여기자 하나와 이런 이야기를 나누었었고, 그 뒤로 두 번째로 갔을 때도,

진수는 그날도 광명통신 기자 이름을 빌려서 갔다. 다시 그녀를 만나자 말했다.

"눈이 왔어요."

"예."

그녀는 어느 구석 여운이 담긴 웃음을 웃으며 한순 얼

굴을 붉혔다.

"처음 만난 거나 마찬가지군요. 또 힘들어졌군요."

진수가 말했다. 그녀는 말없이 고개를 끄덕였다.

"그렇게 흔한 인정 같은 것에만 매달리지 마세요, 당신 주변 사람들이 헐벗고 있는 것을 생각하세요."

그녀는 또 그 투의 약간 준엄한 표정이 되며 말했다. 진수도 또 씽긋히 웃으며 말했다.

"천만에, 내 주변은 풍부해요. 되레 너무 풍부하고 무거워서 탈이지요. 덕지덕지한 것이 참 많이 들끓고 있어요. 몇 겹으로 더께가 앉아있지요. 도리어 헐벗은 것은 당신이지요. 당신은 새빨간 몸뚱이만 남았어요. 모두 털어 버리고 너무너무 알맹이만 남아 있어요."

그녀는 피이 하듯이 웃고 말했다.

"아주 벽창호군요."

그리고 사실은 요 부분은 완전히 픽션으로 만들어 넣은 부분이었다.

진수가 그 두 번째로 광명통신 기자 자격으로 판문점엘 갔을 때는 61년 5월 9일인가였는데, 먼젓번에 그렇게나마 이야기를 나누었던 그 처녀 기자는 이미 남쪽에서 발표되어 있던 진수의 단편소설, 「판문점」이 빌미가 되어, 안 나와 있었다.

그때도 벌써 평양에서 그 소설을 읽었노라며, 모스크바의 이즈베스챠 기자와의 인터뷰 알선까지 했던, 일제 때 이화여전 나왔으며 불과 몇 년 전에 월북해 있던 그 아주머니 기자는 진수를 만나자마자 슬쩍,

ㅡ소설 읽었시오. 그런 거 써설라무니, 그 처녀 아이는…….

하고는, "하지만 뭐 별일은 없이요. 그냥 다른 부서로 잠깐 옮겼을 뿐이니까니."

하던 것이었다.

이런 점으로도 새삼 확인되거니와, 그때 60년 9월이나 이듬해 5월만 하더라도 남북 간의 우리 개개인들 사이에는 판문점에서 이런 정도로나마 사사로운 의사소통은 있었던 것이었지만…….

3

오늘 2012년은 과연 어떤가.

특히 지난해 말, 최고 지도자인 김정일 국방위원장이 급작스럽게 세상 떠나고 그 후계자로 친아들 김정은이 새 지도자로 떠오른 저 북한이라는 곳을, 꼭 50년 전 그때, 1960년의 상황과 비교해 보려고 들면 과연 어떠한가.

일주일에 걸쳐 진행됐던 그 영결식 광경을 생중계된 화면으로 지켜보며, 남쪽에서 하루하루 살고 있는 우리 한 사람 한 사람들은 과연 어떤 느낌이었으며 어떤 생각을 했을까.

백 마디 천 마디 말이 필요 없이, 이제 앞으로 우리 남북관계는 과연 어떤 방향으로 진행되어 갈 것인가 심히 곤혹스럽지 않았을까.

한 나라 최고 권력층의 위세威勢가 어찌 저런 지경까지 될 수가 있는 것일까. 한 나라 정치라는 것이 어찌 저런 모습이 될 수도 있는가. 21세기에 들어선 오늘의 세계에서, 한 나라 우두머리의 위상位相이나 실상實像이 어찌 저 지경으로 어마어마해질 수도 있는 것인가.

특히나 바로 작금의 저 중동, 아프리카 쪽의 이집트, 튀니지, 리비아, 예멘 등 곳곳에서는 오랜 독재자들이 죄다 하나같이 줄줄이 쫓겨나는 마당이 아닌가. 그럼에도 저 북한에서는 그게 어느 동네 이야기냐 싶을 정도이다. 사뭇 당당하게, 자, 모두 모두 보아라. 우리는 이렇다, 여전히 자신만만하다, 자랑스럽다, 하고 온 세상을 향해 일부러 드러내 보이듯이, 저럴 수 있는 저런 배짱이, 저런 후안무치厚顔無恥한 두터움이 대체 어디서 말미암은 것인가.

더구나 영결식이 끝날 즈음 이 나라 남쪽에 사는 우리의 이목을 새삼 끈 것은, 사망한 지도자가 남긴 첫째 가는 유산은 바로 '핵 개발과 위성 발사 실험'이었음을 강조하고, 새 지도자라는 자가 취임한 뒤의 첫 움직임도 탱크 부대 참관이었다는 점이었다.

바로 똑같은 이때, 2012년의 우리 남쪽의 사정은 어떠한가. 최고 권력자라는 대통령의 친 · 인척 비리와 가까운 측근들이라는 자들의 갖가지 행태들이 하나하나 매일처럼 신문이며 방송이며 언론에 터져 나와서, 검찰이며 경찰이며 정신없이 돌아가고 있다. 여당 안에서는 소위 '돈 봉투'래나, 3백만 원, 5백만 원 씩을 돌리는 것이 거의 관행이 되어 있었다고 둘러댄다. 이 나라 사람들의 살림살이를 좌지우지하는 여당이라는 게 저 지경이면 이 나라 정치권이 아예 거덜이 나는 판국이 아닌가 싶어지기까지 한다. 새해 첫 인사 자리에서도 대통령이라는 자가 국민 앞에 무릎을 꿇다시피 사죄를 하고 있었다.

이렇듯이 당장 우리 남과 북의 최고 권력이라는 것은, 그야말로 명실공히 극과 극이요, 하늘과 땅 차이와 맞먹어 보인다.

이 점으로 말한다면 어찌 2012년, 오늘 뿐이었겠는가.

우리가 사는 이 남쪽에서는 초대 대통령이라던 이승만부터 벌써 50여 년 전에 4 · 19 학생 데모가 빌미 되어 권좌에서 쫓겨나 하와이로 망명을 했었고, 그 다음 제3공화국의 군부 출신 박정희 대통령이라는 자도 5·16 거사로 권력을 잡고 나서 꼭 그 20년 뒤, 1979년에 바로 측근 부하 손에 의해 살해되는 비극을 겪는다. 그 뒤로 이어졌던 전두환 장군, 소위 통대統代대통령과 제대로 대선大選으로 뽑혔다던 노태우라는 군인 출신 대통령들도, 그 자리에서 물러날 때는 내설악 백담사로 한동안 내빼 도망가 있거나 서울 구치소로 갇히는 수모를 겪었었고, 둘 다 재판정에 피고 모습으로서 있기도 하였었다.

그뿐인가, 그 뒤로 80년대 말의 민주화가 이뤄진 뒤의 두 대통령은, 그 자제들이나 측근들이 구치소를 들락거리기가 예사였고, 그 뒤로 이어졌던 대통령도 임기가 끝나고 고향 집 뒤 절벽에서 스스로 추락, 이승을 마감하는 극적인 비극을 연출하기도 했었다.

그리고 이렇게 역대 최고 권력자들이 줄줄이 그 끝머리가 저 지경으로 처참했던 것과 맞먹듯이, 다시 말해서 저들 한 사람 한 사람이 하나같이 그 자리에서 쫓겨나거나 임기를 마치고 물러나 보통 평민으로 돌아오는데 정확히 비례하듯이, 그냥저냥 평상을 살아가는 우리 보통 백성들은 죄다 하나같이 양껏 제 생긴대로들 능력들을 발휘하며, 심지어 사기꾼으로 타고난 사람들까지도 제 팔자만큼 만판 자유롭게 법망法網도 요리조리 피해 가며 사기를 처먹고 하루하루 즐기면서 자기 삶을 살아오고 있었다. 이를테면 매사에 들어 거칠 것이라곤 없었고 만판 자유롭게 사방팔방으로 나돌며 외화를 벌어들이고 신바람들이 나서 제각기 저 생긴대로들 살아오고 있었다.

지난 몇십 년에 걸쳐 모두가 하나같이 자유롭게 자기 삶을 누리며 양껏 제 능력껏 살아오는 데 버릇이 들어 있던 이 남쪽의 우리들로서는, 지금 보는 바와 같은 저 북한 권력의 저런 행태들이 과연 어떻게 보여질 것인가.

게다가 1980년대 때는, 우리 대학가에서도 북한의 김일성 주석을 장군님이라고 부르고 주체사상을 신봉하는 주사파도 더러 엄존했었지만, 그런 움직임들에 대한 일반적인 저항도 그다지 크지는 않았었다. 그러고 싶어서 그러는 사람들도, 바로 그런 그 맛으로 그냥저냥 살아가도록 대강대강 내버려 두었었다. 김일성이 세상 떠난 뒤에는 '한총련'이라는 단체를 중심으로 대학생들이 평양으로 조문을 가겠다고 나서서 약간의 말썽이 빚어지기는 했었지만. 그도 그저 그만큼 그랬을 뿐 별로 큰일은 일어나지 않았었다.

그때와 비교하면 지난번 김정일 위원장 사망 이후의 우리 대학가는 놀라울 정도로 차분하고 조용했다는 것이 대체적인 여론이었다. 거의 유일하게 언론의 주목을 받은 '사건'은 서울대학교의 한 학생이 교내에 김정일 위원장의 추모 분향소를 설치하려고 한 일이었다. 그러나 이 시도도 많은 학생들의 강한 비판과 반대에 부딪쳐 어영부영 넘어 갔다고 한다. 이렇듯 북한을 대하는 젊은 세대의 시각도 그 어간에 엄청 달라져 오고 있었다.

한 논자는 이 점을 들어, 얼마 전에 우리 주위의 한 연구기관에서 20~30대의 청년 세대를 대상으로 한 의식 조사에서 나타난 흥미로운 결과까지 소개했다. 이들 젊은 세대가 저들대로 커 오면서 사회적으로 가장 크게 영향을 받은 사건이 바로 천안함 침몰과 연평도 포격 사건인 것 같다고 밝히고 있었다. 이 사건의 영향은 특히 20대에서 현저히 나타났는데, 이 세대들이 주로 '탈냉전'과 '남북 화해 협력'을 내세웠던 시기, 즉 우리네 김영삼, 김대중 집권 시기에 성장해 왔던 것이어서, 북한이 우리에게는 저렇게 적대적일 수 있음을 처음으로 경험했기 때문이 아니었겠느냐고 보고도 있었다.

실제로 상황 진전에 따라서는 현역 군인이나 예비군으로 직접 전쟁에 휘말려 들어야 할는지도 모르는 그들, 20대 젊은이들로서는 북한의 적대적 행위를 곧바로 자기 자신과 관련된 문제로 받아들였을 것이라는 것이다.

우리네 젊은 세대의 대 북한 태도가 이렇게 변했다면 우리 사회의 흔한 '보수'들은 이를 긍정적 변화로 단순히 받아들일 수도 있겠지만, 우리 젊은 세대의 북한에 대한 인식은 생각보다 더 복잡해 보인다는 것이다.

왜냐하면, 이때까지는 흔히 우리 남한 사회 안에서 보수 세력에 속해 있는 사람들은, 북한 쪽을 압박하고 몰아붙여서 애오라지 그쪽 체제의 붕괴만을 노렸고, 진보 세력에 속한 사람들은 뭐니뭐니 현 북한과의 교류 협력과 상호의존을 통해 궁극적으로 통일에 이르자는 입장이었던 것이었는데, 요즘 젊은 세대가 현 북한을 대하는 눈길은 기성세대가 지녔던 보수, 진보의 구분까지도 어느새 몇 차원 더 넘어서고 있지 않은가 싶다는 것이다.

그 한 예로, 서울대학의 '통일평화연구소'가 지난 8월에 전 국민을 대상으로 행한 <통일 인식 조사>에서도, 19~20세 젊은 세대, 세 명 중의 한 명인 32.5%가 꼭 우리 남북통일이 되어야만 할 것인가 하는 점에 의문을 제기하며, 그런 건 필요 없다고 응답했다지 않는가.

'통일은 마땅히 이뤄져야 한다'는 여태까지 우리 사회 내의 규범이 되어 있다시피 돼 있던 속성을 생각한다면 실로 놀라운 일이 아닐 수 없다. 허나 그렇게 통일은 이제 필요 없다고 생각하는 젊은 세대의 실제 비율은 이보다도 더 높을 것이라고도, 그 논자는 보고 있었다. 따라서 북한 문제에 대한 기성세대의 인식이, 좌우의 심한 이념 갈등에도 불구하고 남북한 간의 통일만은 거의 절대 명제로 되고 있었던 데 비해서, 작금의 우리 젊은 세대들이 현 북한을 바라보는 눈길은 아예 무관심이거나 자기들과는 애시당초에 상관없는 전혀 '남의 일'이 되어 있다는 것이다.

지난번 김정일 국방위원장이라나 하는 자의 사망이 우리 젊은 세대에게 아무런 충격도 안겨주지 못 했던 것은 바로 이런 이유이며, 북한 문제를 둘러싼 우리 사회 기성세대의 이념 갈등이라는 것에도, 이들, 젊은 세대가 전혀 냉소적인 것은 바로 이런 분위기 때문이라는 것이다.

그래서 북한 문제에 대한 정책적 변화의 필요성도, 당장의 북한의 권력 교체뿐만 아니라, 이와 같은 우리 남쪽 사회 내부의 변화도 깊이 감안되어야 하겠다는 것이 그 논자의 조심스러운 의견이기도 하였다.

그리고 현 북한이나 통일을 내다보는 우리 젊은 세대의 그런 변화가 과연 우리 남한 만의 일일까? 아무리 폐쇄적인 체제라고 하더라도 혹여 북한의 젊은 세대 역시 통일이나 현 남한을 바라보는 시각이 이미 전쟁이나 냉전을 겪었던 기성세대와는 전혀 달라져 가고 있는 것은 아닐까. 더구나 북한의 새 지도자는 서른 살도 채 안 된 젊은이다. 물론 당장 한동안은 그이도 어쩔 수 없이 기성세대들에게 둘러싸여 있겠지만, 시간이 흐르면서 결국은 서서히 그 세대가 지도부의 중심으로, 주류로 떠오르게 될 것이 아닌가.

이렇게 본다면, 결국은 북한에서 새 김정은 체제의 출범과 함께 '통일'이나 우리 '남북한 문제'에 대해 한반도 남북 양측 저변에 보이게, 보이지 않게 꿈틀거리며 흐르기 시작하고 있는 이 새로운 기류와 변화에도 일단은 눈길을 돌려보고 주목을 해 보아야 하지 않을까.

물론 이참에 김정일 장례를 계기로 하여 겉으로 적나라하게 보여진 북한 권력의 저런 움직임들은 남쪽의 우리로서도, 저들이 저 지경까지 될 수밖에 없는 지난 몇십 년간 험난하게 이어져 왔던 저들 쪽 입장, '고난의 행군'이라고도 한때 떠들어댔던 그 움직임들도 감안하지 않을 수는 없다.

이를테면 김일성 수령이 겨우 스물다섯 살 정도의 나이로 저 백두산 아래 혜산진의 보천보 전투를 일으켜, 일제 경찰주재소를 공격해 우리 민족이 여전히 살아있음을 전 세계 만방에 떨쳐 보였던 혁혁한 전통을 오늘까지도 고스란히 지켜 안은 채 오로지 '혁명'만을 부르짖으며 자나 깨나 '고난의 행군'만을 부르짖어 왔던 지난 몇십 년간에 걸쳤던 저 강고함, 그리고 일사불란한 조직적 단결력과 수령에의 충싱심…….

그 북한 권력의 입장이라는 것을 양껏 존중해 보면, 북한 권력 핵심부가 저런 수준으로까지 나오지 않을 수 없는 정치철학 같은 것까지 들여다보지 않을 수 없다. 이를테면 그런 그쪽 입장이 되어서 그런 쪽의 논리를 한번 펴 보기로 한다면 150년 전, 1870년대의 러시아의 소위 지하 변혁 운동에서 한창 거론되기도 했었던 다음과 같은 논지들까지도 새삼 이 자리서 떠올리지 않을 수 없다.

—민족운동의 궁극적인 목적은 어느 나라에 있어서나, 또 어느 시대에서건, 애오라지 하느님神의 탐구로만 존립할 수가 있었다. 그리고 그것은 반드시 자신의 하느님이어야 한다. 절대적으로 자기 자신의 하느님이어야만 하는 것이다. 오로지 하나의 옳은 하느님으로서 그이를 신앙하지 않으면 안 된다.

바로 이런 소리들이야말로 현재도 북한 권력이 오로지 지향해 가는 김일성 수령을 하느님, 신神으로 모시는 그들 통치 철학의 기반이 되어 있는 것은 아닐까.

—하여, 그 어느 국민이라도 이지理智를 기반으로 해서 나라를 건설해 낸 일은 오늘까지 그 어느 곳에도 없다. 국민은 전혀 다른 힘에 의해 성장하고 살아온 것이다. 그것은 오로지 명령하고 주재하는 힘이었다. '하느님, 신神을 희구하

는 마음'이다. 한 국민이 강성할수록, 그 하느님도 날로 특종特種의 것이 되어가게 마련이다, 라고.

하여, 그 당시의 러시아에서 일어났던 '네차예프 사건'이라는 엽기적인 살인 사건의 주인공은 심지어 이런 소리까지 지껄여 댔다.

—우리들에게 있어 사상은 근본적으로 보편적인 전체 절멸의 위대한 사업에 도움이 될 때만 가치가 있어진다. 하지만 현존하는 그 어떤 서적에도 그러한 사상은 존재하지 않는다. 따라서 그런 흔한 책들에서 변혁적 사업을 배우려고 드는 자는 항상 변혁 대열에서 무능한 자로 머물게 된다.

바로 이 끊임없는 부정, 살인, 완전한 파국만을 꿈꾸었던 이 네차예프라는 자는, 1869년 러시아의 소위 학생운동에 가담해 유럽 쪽으로 망명했다가 귀국, 모스크바에서 '인민의 재판'이라는 음모 조직 하나를 결성, 그 조직원 하나를 살해하고 다시 국외로 망명했다. 그는 1872년 8월에 스위스에서 체포되어 러시아 정부에 넘겨져 재판에서 20년 징역을 선고 받고 독방에 갇혔다가 10년 뒤에 병사했다. 그의 엽기성은 그 당시 온 세계 사람들을 무척 놀라게 했었다.

이 사건을 빌미로 도스토예프스키는 대표적 장편소설의 하나인 『악령』을 내놓아, 더욱 유명해졌던 사건이었다.

어떤가. 이 자들의 이 논리들은, 그로부터 150년 뒤인 오늘의 북한 권력이 닥쳐 있는 저 국면과 쏘옥 어울릴 것 같지 않은가. 네차예프라는 자의 그 변혁 운동이 만에 하나 성공했을 때는 바로 오늘의 북한 권력과 흡사해지지 않았을까.

자, 오늘 2012년의 남북 관계를, 150년 전의 러시아 말고, 지난 50년 전, 1960년에 진수가 '판문점'에 갔을 때와 다시 비교해 보더라도 그렇지 않은가.

그 옛날에는, 일단은 우리 남북 간에 개개 단위로나마 사사롭게 자연스러운 대화라도 그런 식으로 가능하였는데, 오늘은 어떨까.

물론, 언뜻 보아서는 10여 년 전에 남북 양측 최고 우두머리끼리 평양에서 만나기도 하고, 이산가족 상봉이다, 그 밖에도 개성공단이다, 6자 회담이다, 뭐다, 뭐다, 공적으로는 더러더러 만나고들 있는 것 같지만…….

4

그렇다면 며칠간에 걸쳐 웅장하게 치러졌던 그 장례식에서 온통 하나같이 울부짖으며 조문을 하던 북한의 일반 조문객들을 이 자리서 다시 한번 떠올리면서, 그쪽 일반 백성들의 하루하루 삶을 담아낸 또 다른 다음과 같은 글 몇 편도 직접 접해보자.

실은 이 글들은, 작금에 탈북자들이 모여 2008년에 설립한 <NK 지식인연대>라는 북한 정보를 실시간으로 수집해, 일종의 싱크탱크 역할도 하는 데서 공개된 몇 개 글들이다. 영호가 구해 와서 이 자리에서 그대로 한 번 인용했을 뿐이어서, 이 글들이 실제로 북한 사람의 것인지의 사실관계까지는 영호 자신도 책임지지는 못 한다.

회령, 열흘 식량 배급에 생명을 안은 느낌

지난 1월 8일 김정은 노동당중앙군사위 부위원장의 생일을 기념해 3일 휴가를 준다고 했다가 취소됐다. 장군님께서 서거하셨는데 아들이 어떻게 생일을 성대히 축하하겠냐면서 하루도 휴식하지 않았다. 그 대신에 함경북도 회령시에서는 닷새부터 열흘간 분량의 식량을 오랜만에 나눠 주었다. 쌀과 옥수수의 비율이 1대 9였다. 5대 5의 배급까지는 못 되더라도 3대 7 정도는 주었던 예년에 비해 무척 박해졌지만, 주민들은 그것이나마 감지덕지하며 받아 갔다. 철이 엄마는 쌀과 옥수수가 1대 9든 2대 8이든, 쌀이 아니라 그야말로 생명을 받아 안은 느낌이라며 그저 고마워했다. 작년 11월 13일, 쌀 2kg씩 받은 이후로 처음 받는 배급이다. 철이 엄마는 그때의 감격이 아직도 생생하다며 그날 일을 상세히도 들려주었다.

그날 아침 농장원들은 일찍 관리 사무실로 나갔다. 중국인지, 어느 나라에선지 식량을 지원해 주었는데, 그 속에서 얼마간 나눠 준다고 했다. 가을걷이나 탈곡 전후에 나오라고 할 때는 여기 아프다, 저기 아프다, 이 핑계 저 핑계 대며 얼마 나오지를 않더니 그날은 일요일이었는데도 이른 아침부터 몰려나온 사람들로 마당이 온통 차고 넘쳤다. 농장 주재 보안원 동지와 보위부원 동지, 리당 비서와 관리 위원장 등도 모두 나와서 긴 나무 의자에 정색하고 앉아있었다. 부기장 동지가 이름을 부르는 순서대로 앞에 나가서 본인임을 확인하여, 인민반과 작업반, 농장 관리 위원회 순으로 도장을 찍은 뒤, 세대주 이름을 서명하고 한 집당 2kg씩 쌀을 받았다. 배정 받은 쌀의 절반은 군량미로 인민군대 장병들에게 보내고, 나머지 쌀에서 또 얼마는 탄광에, 얼마는 발전소 건설 현장에, 또 얼마는 어디론가 보내고 난 뒤에야 그 나머지를 주는 것이라고 하더니, 한 집당 떨어진 것이 쌀 2kg이었다. 분배를 받고 있는 중에도 간부처럼 보이는 낯선 사람 하나가 나타나 걸상에 나란히 앉은 네 명의 동지들과 뭐라고 뭐라고 쑥덕거리더니 쌀 열 가마는 급히 트럭에 싣고 시내 쪽으로 쏜살같이 사라졌다.

옆집 명학이네가 저건 또 어느 돌격대에 보내는 건지 모르겠다고 한마디 했지만, 아무도 대답하지 않았다. 명학이네도 꼭 대답을 듣자고 한 소리는 아니었다.

새하얀 쌀 주머니에는 아무런 표식도 글씨도 없다. 어느 나라에서 보내주는 고마운 쌀일까. 옥수수 죽으로 연명하는 처지에 쌀 2kg이 얼마나 고마운지 우리네 심정을 보내 준 사람들은 모르겠지. 저 아까운 쌀을 옥수수와 바꿔 먹으면 우리 네 식구가 한 끼 정도는 죽 대신 옥수수밥이라도 먹을 수가 있겠다. 그때가 쌀 1kg에 이천오백 원, 옥수수가 칠백오십 원 하던 때여서, 이 쌀을 내다 팔면 옥수수지만 6kg이나 7kg은 받을 수 있었다.

절반은 옥수수로 바꾸고, 나머지는 한 주머니에 이천이백 원씩 하는 땔감을 살까, 철이 엄마는 순번을 기다리면서도 벌써 생각을 이렇게 먹어 보았다가 저렇게 먹어 보았다가, 머릿속이 분주하였다.

두만강 넘은 자, 차라리 중국 감옥에 넣어 달라

중국 도문 지역 국경 경비대에서는 해가 바뀌자마자 벌써 10여 명 가까이 두만강을 넘어온 자를 붙들어 돌려보냈다. 모두 하나같이 너무너무 배가 고파 넘어온 사람들이었다. 목숨을 걸고 탈북한 이유가 뭐냐는 질문에, 예외 없이 "그냥 앉아있어도 죽고, 건너가다가 잡혀도 죽을 바에는, 뭐라도 해 보다가 죽는 게 나을 것 같아서"라고 대답하더라고 한다. 그러고는 "죽을 각오로 천신만고 끝에 무사히 넘어왔다고 좋아했는데 이 꼴이 됐다"

라고 하면서, 죄다 공통적으로 북한에만은 보내지 말아 달라고 호소하더란다. 차라리 중국 감옥에 보내달라며, "그쪽 감방 안에서 잡일이라도 하게 해 달라, 아니면 이 자리서 죽이라"고 하는 사람도 있었다.

중국 측은 "되도록 탈북자들은 강변에서 잡지 말고, 가능한 한 그 자리에서 그냥 북으로 돌려보내라"고 지시했다고 한다. 현지 중국 쪽의 한 간부는 "중국 감옥에 넣고 관리하는 것도 쉽지 않아서 탈북자들은 잡는 족족 돌려보내고는 있지만, 저쪽(북한) 식량난이 원체 너무 심해서, 먹을 것을 찾아 넘어오는 사람은 줄어들지 않고 있다"고 푸념이다. 특히 요 근래에는 저 북쪽 경비가 살벌하다시피 삼엄해졌는데도, 더더 넘어오는 것을 보면, "정말 죽을 각오로 넘어온다는 저들 말이 실감이 난다"라고도 한다.

땔감 넘겨 파는 정옥이 엄마의 하루

올해 스물여덟 살인 정옥이 엄마는 아침 다섯 시에 일어나 제일 먼저 역 광장에 나간다. 촌에서 온 사람들에게 땔나무를 넘겨받기 위해서다.

3년 전만 해도 남편과 딸 하나를 두고 오순도순 살았는데, 지금은 남편과 딸 모두를 잃고 혼자 산다. 새벽 길목에 나뭇짐을 해 오는 사람들에게서 땔나무를 넘겨받아 장마당에 나가 팔면, 정옥이 엄마에게 떨어지는 건 겨우 천 원 남짓이고, 운이 좋아야 이천 원이 떨어진다.

오늘은 마음씨 고운 아저씨를 만나 별 흥정 없이 땔감을 여덟 주머니나 넘겨받았다. 이걸 다 팔면 천육백 원은 벌 수 있다.

밀차에 차곡차곡 쌓아 시장 어귀에 좋은 자리를 잡고 앉았다. 손님을 찾느라 지나가는 사람들을 유심히 살펴보니, 허리를 펴고 여유 있게 걷는 사람은 한 명도 없다. 절반은 뛰다시피 잰걸음이다. 잔뜩 웅크린 채 발을 동동 구르면서 다니는데, 하나같이 고되고 애타는 삶이 고스란히 느껴진다.

장사 나선 지 얼추 한 시간 만에 한 남자가 땔감을 사러 다가온다. 바지 무릎은 다 헤어져서 꿰맸는데도 거무스름한 솜이 삐져나오고, 군용장화 뒷발축도 너덜너덜해져 있다. 거무튀튀한 얼굴도 아마 한 달 넘게 안 씻은 모양이다. 눈빛도 초점 없이 퀭하다. 뭘 제대로 먹고 사는 사람 같지가 않다. 정옥이 엄마는 땔감을 내밀면서도, 이 돈이면 옥수수죽이라도 한 사발 사 먹을 것이지,

괜한 걱정까지 혼자 해 본다.

그 옥수수죽은 자신도 먹고 싶다. 아침도 거른 채 나왔으니 벌써 배가 고프다. 찬바람이 옷깃에 시리게 파고든다. 낡은 실로 뜬 속바지에다가 여름 군복색 바지를 걸치고, 팔부 적삼 위에는 역시 낡은 실로 뜬 스웨터 한 벌을 걸쳤다. 그 위에 다시 남편이 생전에 입던 동복을 입었다. 어머니가 시집 올 때 선물로 주신 러시아산 굵은 실로 짠 수건을 머리와 얼굴 절반에 칭칭 둘러 목까지 감았으나, 바람이 불면 온몸이 덜덜 떨린다.

오전 열한 시쯤 되어서야 옥수수떡 한 덩이와 얼어버린 무 한 개를 사서 주린 배를 달랜다. 아침에는 기분이 좋았는데, 기대했던 것보다 장사가 시원치 않다. 그럭저럭 일곱 주머니를 팔았다. 땔감을 넘겨준 사람들에게 값을 치러 주고 나니, 천이백 원 정도 남는다. 그래도 오늘은 나무 한 주머니를 남겼으니, 며칠 땔감은 걱정 안 해도 될 것이다.

오후 다섯 시가 되어서야 집에 들어와 옥수수국수 한 타래를 물에 불려 놓았다. 점심에 먹다 남긴 무 꽁다리를 채 칼로 썰어서 양념을 하고 나서 국수를 삶으면 저녁 준비 끝이다.

약간 물기가 있는 나무를 아궁이에 집어넣었더니 좀

처럼 가마가 끓지 않는다. 남편이 있었으면 아궁이에 불이라도 때면서 자기를 기다리고 있었을텐데 하는 생각에 저도 모르게 코끝이 시큰해진다. 외화벌이 돌격대 채벌공으로 일하던 남편이 작년에 사고로 크게 다친 뒤 별 치료도 못 받고 저세상 사람이 되었다. 그 아버지가 떠난 지 2주일도 채 안 되어 두 돌이 갓 지난 딸아이도 펄펄 끓는 고열에 구토와 설사가 심해 병원에 데려갔지만, 약 한 알 써 보지 못하고 저승으로 보냈다. 그렇게 남편과 딸을 먼저 떠나보내고도, 세상에 무슨 미련이 남아 그래도 살아 보겠다고 하루하루 땔나무 넘겨받아 살고 있는 자기 신세가 새삼 가련해진다. 그래도 리금순이라는 자기 이름보다는 정옥이 엄마라고 불러 주는 것이 좋다. 사랑하는 남편과 딸이 옆에 있는 것 같기 때문이다.

잘 데워지지 않은 물에 덜 익은 국수라도 대충 한 그릇 때우고 나니 세상은 이미 암흑 속이다. 온몸이 나른해지고 뼈마디가 쑤신다. 옷도 벗지 못하고 세수할 생각도 못한 채 가마목에 이불을 덮고 나동그라진다. 까무룩 잠이 드는 순간에도, 내일은 장사가 잘되면 좋겠다는 생각이 흘낏 머릿속을 지나간다.

인민학교 2학년 은실이의 하루

은실이는 인민학교 2학년 학생이다. 아침 여섯 시가 되면 어머니가 깨우기 전에 제가 알아서 일어난다. 어머니가 차려 준 옥수수밥을 먹고 세수한 다음, 책가방을 챙겨 메고 학교에 가면 일곱 시다. 학교에 닿으면 제일 먼저 빗자루와 걸레를 찾아 청소를 한다.

일곱 시 반이 되면 수업을 시작하는데, 오늘도 열 넷이나 결석을 했다. 감기에 걸렸다는 애가 12명이고, 다리뼈가 골절되었다는 애가 한 명. 그리고 엄마가 앓아서 어제 돌아가셨다는 애가 한 명이다. 이렇게 절반이 줄어든 반은 가뜩이나 추운 겨울, 더 춥게 느껴진다. 난로를 피우지 못하니 선생님도 손이 시린지, 말로만 잠깐 설명하고 흑판에는 별로 글을 쓰지 않는다. 교실 안에서는 애들이 손을 모아 쥐고 입김으로 후우후우 녹이는 소리가 시끄럽다.

열두 시가 점심시간이지만 밥을 갖고 온 아이는 몇 안 된다. 일부 아이는 구운 옥수수알을 주머니 속에서 꺼내 씹어 삼키고, 더러는 옥수수떡을 품에서 꺼내 쪼개 먹는다. 절반이 넘는 아이들은 그저 덤덤하게 앉아 있거나 차가운 책상 위에 가만히 엎드려 있다. 아버지가 보위부

원, 보안원이거나 간혹 당 간부라는 몇몇 아이들만 한쪽에 몰려 앉아 밥다운 밥을 먹는다.

오후에는 수업이 없고 전교생이 마을 청소를 나간다. 영하 18도 추위에 옷들도 별로 껴입지 못했으니, 말이 청소지, 발들을 동동 구르고 손을 호호 불며 군데군데 서 있을 뿐이다. 너무 배고프고 추워서 아이들은 떠들지도 않는다. 네 시가 되어서야 하는 둥 마는 둥 청소가 끝난다. 다시 학교로 돌아오니 교실 안이 컴컴하다. 전기도 없으니 선생님도 별 수 없이 그대로 하교시킨다.

다섯 시쯤 집에 돌아온다. 집안도 캄캄하다. 빈집 안을 청소하고 장에 나간 어머니 대신 저녁 식사 준비를 한다. 어머니가 말아 놓고 간 옥수수국수를 데우는 일은 간단하다. 밖은 벌써 캄캄하여 전혀 앞이 안 보인다. 이를 덜덜 떨며 어머니를 기다리다가, 돌아온 어머니와 함께 저녁 식사를 끝내고 설거지를 마치고 나니 여덟 시다. 전기도 안 들어오고 등잔불도 기름이 없으니 숙제고 뭐고 할 생각이 없다. 따뜻한 어머니 품에 파고들어 추운 몸을 녹이며 잠을 청하려 하나 너무 배고파서 잠도 잘 안 온다. 어머니는 하루 종일 밖에서 지내 피곤했는지, 그대로 잠에 곯아떨어진다. 내일 아침에는 뭘 먹을 수 있을까, 온통 그 생각만 하다 스르르 잠이 든다.

대강 여기까지 읽고 영호 쪽에서 앞의 진수 기척을 흘낏 살피며,

—어때? 조금 지루하지 않나?

하고 묻자, 뜻밖에도 진수는 대뜸 두 눈을 부릅뜨며 와락 짜증부터 내었다.

—아니, 그러니까 지금 자네는 그걸 나한테 지루하지 않고 재미있으라고 읽었다는 거냐? 지루하기는커녕 야하, 그야말로 충격이다, 충격. 지금 당장 북한에서 살고 있는 사람들의 하루하루 삶이, 실제로 바로 저렇다는 것 아니냐. 정말로, 야하, 저 한 대목 한 대목, 북한의 우리 동포들 한 분 한 분이 매일 하루하루, 저렇게 살아가고들 있다는 거 아니냐. 저런 걸, 이 남쪽에 살고 있는 같은 동족으로서 어찌 그냥 무심無心하게만 듣고 넘길 수가 있다는 거냐.

비로소 영호도, 진수의 이런 반응에 우선 가슴을 쓸어내리며 마음을 놓고 한번 후유우 하고 큰 숨부터 내쉬었다.

—그렇지? 나도 실은 같은 생각이었어. 나, 이걸 처음 읽었을 때는 거푸 일곱 번씩이나 읽었다. 지금도 그 한 대목 한 대목 눈을 감고도 죄다 외워질 정도야. 첫 번째 글의 식

량 배급을 받던 자리에서도, 어디선가 "간부처럼 보이는 낯선 사내 하나가 나타나, 걸상에 나란히 앉은 네 명의 동지들과 뭐라고 뭐라고 몇 마디 쑥덕거리더니, 쌀 열 가마는 급히 트럭에 싣고 시내 쪽으로 쏜살같이 사라졌다. 옆 집 명학이네가 저건 또 어느 돌격대에 보내는 건지 모르겠다고 한마디 했지만, 아무도 대답하지 않았다. 명학이네도 꼭 대답을 듣자고 한 소리는 아니었다"라는 대목이라거나, 그 글의 맨 끝머리에, "……절반은 옥수수로 바꾸고 나머지는 한 주머니에 이천이백 원씩 하는 땔감을 살까, 철이 엄마는 순번을 기다리면서도 벌써 생각을 이렇게 먹어 보았다가 저렇게 먹어 보았다가, 머릿속이 분주하였다"라는 대목 같은 것. 글을 잘 썼다, 못 썼다 하는 단순한 차원이 아니라, 그 현장 분위기까지 환히 보이지 않는가 말야.

그러고 그 두 번째 글에서도, "목숨을 걸고 탈북한 이유가 뭐냐는 질문에, 그냥 앉아있어도 죽고, 건너가다가 잡혀도 죽을 바에는 뭐라도 해 보다가 죽는 게 나을 것 같아서, 라고 대답하더라고 한다"던 대목.

그 뿐인가, 세 번째 글에서도 "……남편이 있었으면 아궁이에 불이라도 때면서 자기를 기다리고 있었을텐데 하는 생각에 저도 모르게 코끝이 시큰해진다. 외화벌이 돌격대 채벌공으로 일하던 남편이 작년에 사고로 크게 다친 뒤 별 치료도 못 받고 저세상 사람이 되었다. 그 아버지가 떠난 지 2주일도 채 안 되어 두 돌이 지난 딸아이도 펄펄 끓는 고열에 구토와 설사가 심해 병원에 데려갔지만, 약 한 알 써 보지 못 하고 저승으로 보냈다. 그렇게 남편과 딸을 먼저 떠나보내고도 세상에 무슨 미련이 남아 그래도 살아 보겠다고 하루하루 땔나무 넘겨받아 살고 있는 자기 신세가 새삼 가련해진다. 그래도 리금순이라는 자기 이름보다는 정옥이 엄마라고 불러주는 것이 좋다. 사랑하는 남편과 딸이 옆에 있는 것 같기 때문이다" 같은 대목에서는, 남쪽에서 이렇게 살면서 이 글을 읽어 보는 나도, 순간 컥 울음이 터져 나올 것 같더라니까. 그리고 맨 마지막 글에서도, "……이를 덜덜 떨며 어머니를 기다리다가 돌아온 어머니와 함께 저녁 식사를 끝내고 설거지를 마치고 나니 여덟 시다. 전기도 안 들어오고 등잔불도 기름이 없으니 숙제고 뭐고 할 생각이 없다. 따뜻한 어머니 품에 파고들어 추운 몸을 녹이며 잠을 청하려 하나 너무 배고파서 잠도 잘 안 온다. 어머니는 하루 종일 밖에서 지내 피곤했는지 그대로 잠에 곯아떨어진다. 은실이는 내일 아침에는 뭘 먹을 수 있을까, 온통 그 생각을 하다가 스르르 잠이 든다" 하는 이 대목도 아주아주 그 현장 분위기까지 여실해. 안 그래? 참으로 글이라는 것이, 이런 힘을 갖고 있다는 게 신기하기까지 하더라구. 정말로 이런 몇 대목은 눈물 없이는 못 읽겠더라니까, 안 그래? 앞에서 거론했던 150년 전의 러시아에서 스스로 그 무슨 큰일을 하련다고 자처했던 녀석들이 해댔던 그 어려운 소리들에 비하더라도, 너무너무 쉽게 읽히고……. 그런데 요즘 우리 남쪽에 사는 우리 동족들이라는 사람들은 대강 이런 글도, 전혀 기별이 안 가닿는 것이 아닐까. 그 무슨, 저 아프리카의 어느 나라, 튀니지나 케냐 사람들 삶을 화면으로 들여다 보듯이 그 비슷하게 무심하게들만 받아들인다는 말야. 안 그래?

일순, 진수도 새삼 온 얼굴을 붉히며 공감을 했다.

—정말로 그 몇 대목은 눈물 없이는 못 듣겠구먼. 그러고 보면, 그런 점으로는 우리 남쪽 사람들 태반이 아예, 무신경

을 넘어 전탕 그런 쪽의 감각이나 생각 같은 것이, 죄다 마비되어 있는 것은 아닐까. 우리 남북 관계, 즉 북에 있는 우리 동족들의 하루하루 삶의 실제 국면에는 아예 통째로 마음을 닫고 있어. 무슨 별나라, 화성이나 금성 같은 곳에 사는 사람처럼 딴 세상으로 보고 있거든. 한데, 그 글들의 세부를 뜯어보면 틀림없이 우리 동족들이거든. 말 씀씀이부터가 그렇고, 대목 대목의 느낌들도, 분위기도, 지난 반만 년을 유구하게 같이 살아왔던 우리 동족들이 틀림없어.

그래서 나는 지금 영호 자네가 읽는 것을 듣고 있자니, 문득 이런 생각까지 드는구먼. 현 북한 권력이라는 것의 핵심은 그네들 자신들도 노상 강조해 왔듯이, 일제 치하 때 민족의 성지 백두산 속에서 유격전으로 단련해 왔던 그 간고한 싸움의 연속이라는 것인데, 그때로부터 80년 세월이 지난 지금도 여전히 그것 한 가지로만 온 나라가 오로지 똘똘 뭉쳐 있었으니, 정작 일제에서 풀려나고 오늘에 이르기까지, 그때 그때 필요했던 전체 인민들을 하루하루 먹여 살려 갈 '경영經營'이라는 쪽은, 그 권력 속의 어느 누구 하나 정면으로 전심專心하지는 못 하지 않았겠나 싶구먼. 그런 쪽으로는, 아예 누구 하나 제대로 관심조차 갖지 않고 자나깨나 노상 길들여졌던 그 오랜 버릇대로 오직 혁명, 혁명, 싸움, 싸움, 김일성 수령에 대한 충성, 충성 일변도로만 죽으나 사나 내처 소리만 지르며 달려왔겠으니, 끝내는 저렇게 저들 삶이 통틀어 저런 꼬락서니까지 되지 않았겠느냐, 하는 생각부터 드는구먼. 그래서 얼마 전에 우리 서울에서 열렸던 '핵 안보회의'에 왔던 중국의 후진타오 주석도 현 북한의 미사일 발사 계획을 두고는, 첫마디가 "북한은 민생부터 챙겨야 한다"고 하질 않던가. 그 뿐이 아니야. 러시아에서 왔던 메드베네프 총리도 첫마디가 "북한은 미사일보다 주민부터 먹여 살려라"고 하더구만.

영호도 곧장 머리를 끄덕이며 강하게 공감을 표시하곤, 잇대어 말했다.

—사실을 말하면 1945년 일제의 식민지 상태에서 벗어난 직후부터 그랬던 것 아니겠어. 그때부터 벌써 그 북쪽에서 유능했던 인력들은 거의 죄다 그 세계에서 쫓겨나, 이 남쪽으로 월남해 버렸지. 설령 쫓겨나지 않았더라도 이미 세상 되어가는 꼬락서니를 보곤 최소한의 눈치깨나 있었던 사람

들, 똑똑한 사람들은 이미 그 점을 보아 냈어. 그렇게 북의 동네는 제대로 생긴 사람들이 살 동네는 못 된다, 자손 만대로 살아갈 동네는 아니다, 하고 그렇게 자청해서들, 은밀하게 떠날 보따리를 챙겼었어. 그렇게 남쪽으로, 미군 점령 지역으로 나갈 엄두부터 냈던 거지. 그 무렵, 남북이 분단되던 초기에는 북에서도 남쪽 서울의 라디오 방송도 자유롭게 들을 수 있었을 테니까……. 그렇게 자네도 그중 한 사람이다, 그것이구먼.

진수가 다시 받았다.

—나는 조금 다르지, 일제에서 해방될 때는 겨우 열세 살로 아직은 원체 어렸으니까. 하지만 6·25가 일어난 뒤 1950년 겨울, 12월에 북으로 밀고 올라왔던 국방군이 후퇴할 때는 나도 열아홉 살이었어. 그러니 그때가 좋은 기회였지. 그때는 북의 피난민으로 엄청난 사람들이, 이미 '자유'라는 체제 맛을 마수걸이로 맛본 사람들이, 북 체제 속을 5년 동안이나 살았던 터라, 북 체제를 버리고 대거 월남을 했었지.

다시 영호가 지껄였다.

—그렇게 되는가. 암튼 세상은 모름지기 달라져 가게 마련이라는 사실을 북한의 그 지배자들은 너무너무 모르고 있었어. 오직 역사 발전의 필연성? 변증법적 유물론? 주체철학? 그런 어려운 헛소리만 몇십 년간을 소리소리 질러 대기만 했어. 그러니 진짜로 세상 달라져 가는 진면목이 알아질 리가 없었지. 김일성 수령이라는 자부터가……. 그런 점으로는 저능아일 수가 있었고, 실제로 저능아였어. 정치라는 것이 근본적으로는 사람들의 하루하루 살림살이라는 것을 전혀 도외시度外視하고 있었으니까.

진수가 다시 받았다.

—그렇게 유능한 인재들은 죄다 쫓아내서, 이 남쪽으로들 나오게 했으니, 그 북쪽에는 맨 우중愚衆들만 남았겠으니 통치하기는 얼마나 쉬웠겠어. 바로 그 끝이, 저 지경, 현 북한의 저 꼴 아닌가.

—맞어. 그 골치 아픈 것들, 유능하고 빠릿빠릿한 인재들은 하나같이 그렇게 북 체제를 헌신짝 버리듯이 버리고 남쪽으로 나와서, 각자 저 생긴대로들 막말로 제 타고난 팔자들만큼 갖은 지랄까지 일삼으면서, 정치라는 것이 어느 하

루 바람 잘 날이 없었다. 그렇게 온 나라가 이리 뒤척 저리 뒤척, 더러는 아슬아슬한 속에서도, 끝내는 이만한 국력國力으로 키워냈던 것이, 바로 그 무렵에 남쪽으로 몰려 나왔던 북한 사람들이었지. 안 그래? 자네만 해도 그렇게 그만한 위상의 작가가 됐다, 그 말이지.

—…….

5

한참 뜸을 들이듯이 가만히 있다가 영호가 다시 말했다.

—하지만, 그런 걸 포함해서 작금 북한의 저 일련의 움직임들을 보면서 새삼 실감되는 점인데, 그러니까 꼭 50년 전에 그렇게 자네가 판문점에 처음 갔다가 와서 썼던 그 소설 「판문점」 속에서 이북의 그 스물세 살짜리 처녀 여기자 하나와 토론 비스름하게 했던, 조금 전에도 이 자리서 자네가 인용을 했던 그 부분이 새삼 떠오르는구먼. 그때는 1945년 우리 남북이 갈리고 나서 겨우 15년 지난 때여서, 일단은 사사롭게 그런 대화나마 가능했고, 서로 양쪽 체제를 두고 논쟁 비슷한 것을 했다고는 하지만 한마디 한마디, 피차에 충분히 알아들을 만은 했는데 요즘에 와서는 그런 식의 대화

조차도 애시당초에 불가능해질 것 같군. 아닌 말로, 옛날의 그 처녀 여기자도 여직 살아있다면 일흔 너댓 살은 되었을 텐데, 그때의 그 연장으로 다시 지금의 이 나이로 둘이 만나서 그 전처럼 한번 마주 논쟁을 벌인다면, 어떤 모습이 되려는지, 자네부터가 상상이 되는가? 바로 이 점으로만 보더라도, 우리 남북 관계는 그 무렵보다 엄청 더 나빠졌다고 밖에 볼 수가 없구먼. 그 옛날의 그것이, 남북 피차간에 평상平常 속을 사는 사람들 상호 간에는 그 뭣이냐, 따뜻한 인간미나마 남아 있었던 것 같어. 물론 그때의 그 대화도 실제로 그러했었는지, 소설이니까 자네 쪽에서 그런 식으로 나름대로 꾸며 냈었는지는 모르지만 말이지. 암튼 그 여기자는, 여섯 달 뒤 자네가 두 번째로 1961년 5월 초에 판문점에 갔을 적에, 그 소설로 말미암아서 이미 판문점으로는 못 나오게 되었더라며?! 그 사실도, 왜정 때 이화 여전 나와서 6 · 25 전에 월북해 있던 아줌마 기자에게서 듣고, 자네도 알았잖은가. 그이도 지금 살아있다면 85살 정도는 되었을 것인데……. 아무튼 그건 그렇고, 북한에서 현재 태반의 인민들 사는 모습도 조금 전의 그 글들에서 미루어 보면, 50년 전 그 무렵보다도 훨씬 더 못해진 것 같단 말이지. 보통 사람들 하루하루 사는 형편이 어쩌다 저 지경까지 됐을꼬. 정말로 한심하달 밖에.

그러자 다시 진수가 받았다.

—그렇다면 어찌 해야 할 것인가. 지금 이 남쪽에 살고 있는 우리로서 당장 저들을 도와줄 길이 혹시 없을까? 여러 복잡한 소리 할 것 없이, 북한의 평양 시내 말고, 지방 곳곳에 살고 있는 저들 하루하루의 저 어려운 삶에 밀착해서 일단 생각들을 해 보자고 들면…….

다시 영호가 응수하였다.

—우리 언론들도 해외 언론들도, 제각기 이 소리 저 소리 쏟아 내고 있는데 도무지 원, 그야말로 별별 소리들이 난무를 하며 사태를 이루고는 있지만, 정작 북쪽 권력은 그런 오만가지 잡소리들에는 끄떡도 안 하고 있어. 온 나라가 오직 하나로, 지난 80년 동안 수령 체제 일변도로만 강철로 단련되어 온 그 기본 틀에서 한 발짝도 안 벗어나 있단 말이야.

—그럼, 대체 어찌해야 하나? 우리도 우리대로 그런 움직임에 맞먹을 만한 대담무쌍한 청천벽력의 그 무슨 방법

을 내놓아야 할 것이 아니겠는가. 다만, 이 경우 우리가 지난 반세기 동안, 60여 년 동안 익숙해져 왔고, 깊이깊이 길들여져 있던 그 '정치문화' 테두리에서는, 우리 나름대로도 한번 활딱 벗어나 보아야 하지 않을까. 기왕의 그 모든 우리네 '국가보안법'이니, '반공법'이니, 심지어는 우리 대한민국의 가장 기본법인 '헌법' 테두리에서까지도 일단은 활딱 벗어나서, 한번쯤 우리 삼천리강산의 지난 반만 년을 이어왔던 그 우리네 산천의 법이랄까, 그런 '자연의 법' 같은 수준으로까지 돌아와서, 우리네 민족 시조始祖인 단군 할아버지께서 지금 당장 우리네 곁으로 살아 돌아오신다면, 과연 어떤 말씀을 하시고 어떤 방법을 강구해서 내놓으실까, 그런 수준으로까지 모두가 일단 돌아와서……. 바로 저 지경까지 가 있는 상대편, 북한 권력 쪽에서도 귀가 번쩍 열리며 아, 이게 웬 떡이냐 하고 와락 두 팔 벌리고 받아들일 수 있는, 그럴만한 수준으로 그 어떤 엄청난 방안이 되어야 할 것이란 말이지.

이런 진수의 말에 영호도 즉각,

—아니, 혹여 그런 방법이 지금 자네한테 있기라도 한다

는 말인가. 있거든 이 자리서 한번 털어놓아 보시지.

하고 우선 반색부터 하였다.

그러자 진수는 비시시 한번 웃기부터 하였다. 스스로도 조금 어이가 없는가 보았다. 지금의 자기 생각을 그 무슨 큰 대안인 것마냥 불쑥 내놓기는 자못 쑥스럽고 망설여지는지, 목소리를 한껏 낮추었다.

—자네도 조금 전에, 꼭 50년 전에 내가 써서 발표했던 그 「판문점」 소설 얘기를 했지만 실제로 지난 몇 년 동안에 곳곳에서 그 소설 낭독회도 해 보았는데, 국내 독자들도 그렇고, 더러는 외국의 독자들도, 소설 속의 젊은 두 남녀가 연애를 하고 결혼에까지 이를 수는 혹시 없었겠는지, 그런 쪽에다 주안을 두고 질문을 하는 분들도 있었어. 그런 때마다 나는 조금 당혹스럽기도 하며, 어찌 저런 유치하고 엉뚱한 소리들을 하고 있는가 싶어지기도 했었는데, 아닌 게 아니라 지금 이 시점에 와서 앞에서 보는 것과 같은 어제 오늘의 우리 남북 관계를 다시 차근차근 생각해 보면, 그 질문도 새삼 일리가 있어 보인다는 말이거든. 그 소설 안에서 두 남녀의 하는 소리들은, 비록 남북으로 갈려져 있기는 했을망정,

기본적으로는 그 정도로 서로 통하는 인간미가 조금은 남아 있었구나, 싶어지면서 말이지. 그 당시 그런 언설을 농했던 두 남녀의 그 생각들까지도 아슴아슴 수긍이 되면서, 그 소설 작자인 나부터가, 그 뭣이냐, 어떤 애틋한 아쉬움이나 아련한 그리움 같은 것이 조금은 생기더라구. 이를테면 유치한 감상 같은……. 하지만 이게 정말로 유치한 감상이기만 할까, 과연! 이 근처까지 깊이 생각해 보자고 드니까, 아닌 게 아니라 그 소설이 오늘 이 지경에까지 이른 우리 남북 관계에다, 남북의 우리 모두에게 새삼 중요하게 시사해 주는 점도 전혀 없지는 않겠구나 싶어지고 말아. 그 소설의 맨 끝머리부터가 이렇거든. "기집애, 조만하면 쓸 만한데, 쓸 만해." 그러고는 한 줄 떼고, '혼자 쓸쓸하게 웃었다.' 하고 그 소설은 끝나거든. 바로 이 쓸쓸한 웃음이 뭐였겠어. 기집애, 조만하면 '결혼 상대로 쓸 만했다'는 생각 아니었겠어. 그런데 그로부터 50년이 지난 지금에 와서 바로 요 대목을 다시 곰곰 생각해 보면, 바로 이 지점에서부터 그 뒤 두 남녀의 연애거나 결혼에까지 이르는 사연이 이뤄지는 소설 한 편 정도는 나와 주었어야 하지 않았을까. 우리네 남북 관계가 바로 그렇게 그런 쪽으로 진전되었어야 하지 않았을까. 소설이라는 것도, 그런 식으로 새로 전개되면서 바람직한 우리 남북 관계도 실제 그런 방향으로 벌어졌어야 하지 않았을까. 안 그래?

다시 영호가 짧게 받았다.

—나도 그 정도까지는 미처 생각을 못 했는데, 듣고 보니 자네 말도 그렇기는 하구먼. 본시 소설이라는 걸 그냥 재미 삼아 읽는 일반 독자들이나, 특히 우리 남북 사정을 도통 모르던 외국 독자들 경우에서는, 그 소설을 읽으면서 응당 그런 쪽의 호기심이 당연히 있었을 테니 말이야…….

—그래서 말일세.

하고 비로소 진수는 지금까지의 대화 분위기에서 전혀 다른 얼굴로 표정부터 바뀌며, 조금 뜸을 들이며 잠시 가만가만 영호 얼굴을 마주 쳐다보더니,

—우선 그런 쪽의 이야기를 꺼내기 전에, 지금 이 우리들 대담의 시야부터 한번 확 바꿔 보면 어떻겠어. 다시 북한의 저 오늘의 정황에 밀착해서 바로 저 그 김정일 장례식 말이야. 1994년인가 20년 전의 그이 아버지인 김일성 장례식까

지 포함해서, 도대체 저들의 저런 행태들이 대관절 어디서부터 연유되었는가 하는 것부터 한번 생각을 해 보자면 어떻겠어. 저것이 과연 우리네 민족 역사 속의 조선조 때나, 고려조 때 임금님들 서거했을 적의 장례식에 뿌리를 둔 것일까? 꼭 그렇지는 않아 보이거든. 그렇다면 저런 것이, 저런 괴이한 장례 행태들이 과연 어디에 뿌리를 두고 있으며 어디에서 말미암은 것인가.

그 점을 차근차근 더듬어 보니까, 저들 공산주의 정권 초기 러시아에서의 레닌 장례식에까지 그 뿌리가 가닿아 있어 보인다는 말이거든. 그 점을 다시 우리대로 이 자리에서 한번 따져 들어 보면 어떻겠어?

하자, 영호는 별안간 웬 뚱딴지 같은 소리를 꺼내나 싶어 말없이 멍하게 진수를 쳐다보기만 하였다.

—…….

그러거나 말거나 진수는 곧장 잇대어 자기 이야기를 계속 이어 갔다.

- 딩장 사네로서는 전혀 엉뚱하게 여겨질 수도 있지만, 나로서는 우선 그 점부터가 아주아주 마음에 걸린다 이것

이야. 북한 체제가 저 지경까지 가닿은 그 뿌리가 대체 어디냐 하는 점. 심히 궁금해서 못 견디겠어…….

그러니까 이를테면 오늘 자네와 이렇게 모처럼 만에 만나서도 북한의 저 김정일 장례식 정경을 텔레비전 화면으로 본 우리들의 느낌에서부터 이 대화가 시작되지 않았는가 말야. 그래서 말인데 지금도 나는, 저런 장례식부터가 우리네 조선조나 고려조 왕조에 가닿아 있는 것이 아니라 1924년의 레닌 장례식에 그 뿌리가 가닿아 있어 보인다는 말이거든. 그 장례식에서 당시 러시아 공산당 서기장이었던 스탈린이라는 자가 주위의 반대를 무릅쓰고 거의 혼자서 독단적으로 밀어붙여서 꾸려 냈던, 그 레닌 유해의 영구 보존 처리 과정 말야.

영호도 비로소 비시시 웃으며 받았다.

—도대체 갑자기 지금 무슨 이야기를 하려는 거야? 레닌 장례식 이야기가 이 자리에서 왜 나오지?

진수도 맞받아 조금 미안해 하며 비싯 웃기부터 하였다.

—일단, 내 얘기를 마저 들어 보라구. 혹시 엉뚱하게 들리더라도 우선은 참고 내 얘기부터 좀 더 들어 보라고…….

그런 쪽의 기록에 따르면 말야. 1922년 1월 4일, 레닌이 가벼운 중풍으로 처음 쓰러졌던 뒤에, 얼마 있다가 어느 날인가 잔뜩 노여움 섞어 혼잣소리마냥 이렇게 쭝얼쭝얼 투덜거리더라는 것이야.

—스탈린은 너무 배운 것이 적고 자질이 저열한 것이 문제다. 서기장 자리에 저대로 두어서는 안 되지, 안 돼. 지금 나 레닌은, 우리 당 동지들에게 좀 더 매사에 사려 깊은, 동지들에게도 좀 더 신중한, 다른 동지를 그 자리에 앉혀야 한다고 제안하겠어. 이 일은 어쩜 별 것이 아닌 지극히 사소한 일로 당에서는 받아들일는지도 모르지만 나는 분열을 막아내겠다는 생각이다. 또한 언젠가도 언급했던 스탈린과 트로츠키의 관계에 관한 측면에서도 이것은 결코 사소한 일은 아니며 설사 사소해 보이더라도 결정적인 의의를 지니는 것이라고 나는 생각하고 있다.

레닌이 어쩌다 우연히 혼잣소리마냥 궁시렁거린 이 한 마디를 마침 그 곁에 있던 비서 하나가 날렵하게 한 자 한 구절도 틀리지 않게 적어 두었다는 사실. 실제로 이 한 마디는 그 뒤 스탈린의 소련 사회주의 체제가 어느 방향으로 어떻게 흘러갔느냐 하는 걸 그 전체 국면으로 되돌아 보면 그때 혼잣소리마냥 중얼거렸던 레닌의 저 한마디 속에 들어 있던 안목은 명실공히 천재적이었음을 보여 주고 있어. 주위 동지들의 기본 인품을 간파해 낸 점도 그렇고. 그 뒤 50년 가까운 스탈린의 일인一人 철권통치와 80년대 중엽에 이르기까지의 소련 체제 말기까지를 한눈에 내다본 레닌이라는 사람의 날카로웠던 안광眼光, 그 정확성과 약여躍如함.

한데, 이때, 레닌이 그야말로 우연처럼 지나가는 소리 하듯이 한 마디 했던 이 몇 마디는 그 마누라였던 크룹스카야와 비서들 밖에는 아무도 못 들었어. 레닌부터가 중풍에 맞았던 터라, 자기 건강에 갑자기 자신이 없어져서 거의 우연처럼 충동적으로 급하게 스탈린에 대한 자기 견해와 당에 대한 권고로 한 마디 했던 걸, 그때 비서 중의 하나가 그대로 기록해 두었었다는 것인데 레닌 마누라나 비서들은, 그 몇 마디를 두고두고 명심銘心하고 있었다는 거지. 특히 레닌의 그 몇 마디를 속 깊이 삭여두고, 기회 있을 때마다 공개적으로 제기하려고 하고 있었지…….

영호는 여전히 멍하게 진수를 건너다보았다.

—……그래서? 레닌의 그 몇 마디가 그랬대서, 어쨌다는 말야? 이 자리서 레닌의 말 몇 마디가 대체 왜 나오는 거냐.

—이 몇 마디가 그 뒤, 레닌의 유언으로 공적公的으로까지 받아들여져서, 그 유언대로 스탈린이 서기장 자리에서 실제로 물러났었더라면, 그 뒤로 과연 러시아 정치와 사회는 어찌 흘러갔었을까. 소련이라는 연방은 지금 우리가 보아 왔던 저 모양과는 전혀 다르게 뻗어 갈 수 있었을는지도 모른다는 거지. 내 말 알아듣겠어? 암튼 조금만 더 내 얘길 들어 보라고. 한데 레닌의 몇 마디가 나온 뒤, 어떻게 되는가. 그 뒤 여러 옥신각신이 벌어지는데, 그 무렵의 그 러시아 공산당 정치국은 최상부의 레닌 밑으로, 스탈린, 지노비예프, 까메네프, 세 사람의 볼셰비키 체제로 운영되었는데, (트로츠끼는 본시 멘셰비키였거든) 한때는 그 몇 마디 유언의 처리를 두고 끝내 당 안에서 공개적으로 회의가 열렸다는 것이네. 이 자리에서는 뒤에 스탈린에게서 쫓겨나 처형을 당하게 되는 지노비예프가 단상에 올라가 스탈린을 변호해 주어서, 스탈린은 아슬아슬하게 위기를 용케 넘기기도 했었어.

저간의 사정을 더 이상 이 자리에서 길게 거론할 순 없고, 아무튼 우여곡절 끝에 1924년 1월 21일에 레닌은 끝내 세상을 떠나네. 그렇게 장례 행사가 7일장으로 치러지는데, 마지막 이틀 간의 장례 행사 절차라는 건 이러하네. 오전 여덟 시, 스탈린 레닌이 누워 있는 관棺 옆에 시립侍立. 오전 아홉 시, 스탈린 등이 레닌의 관을 노동회관으로부터 운구運柩. 오후 네 시, 크레믈린 광장에서의 장례 행진 종료, 스탈린 등이 레닌의 관이 영구 보존될 레닌 묘廟를 지하 묘墓까지 운구, 1월 28일, 스탈린이 레닌 추도회에서 연설…….

이 레닌 유해의 영구 보존 조치는, 그 제자들 중 누가 보더라도, 평소에 매사에 화사하고 사치스러운 것을 극도로 혐오했던 레닌이라는 사람의 인품과는 너무너무 어울리지 않게 당돌하고 어긋난다고 미망인이 된 크룹스카야를 비롯, 고참 볼셰비키들이 하나같이 반대했음에도 불구하고, 레닌 유해는 이렇게 스탈린 뜻대로 미이라에 넣어져 크레믈린 광장의 그 레닌 묘廟에 안치 되거든. 바로 스탈린이라는 자가 단독으로 밀어붙였던 이 저급한 수준의 조치. 이 점에 집중해서 한번 생각을 해 보자는 거야, 내 말은.

나도 1992년 가을인가, 모스크바에 간 김에 관광 겸해서 그곳에 한번 가 보았었는데, 그때 느낌도 이건 아니구나 싶었었어. 살아 생전의 레닌 본인부터가 엄청 싫어했을 것 같더라, 그 말이야. 그러니까 이건 바로 스탈린이라는 애오라지 권력 지향으로 편집광이었던 녀석과만 곧바로 연결되는 조치였다는 것이야. 실제로 그 훨씬 뒤, 미국의 소련 쪽 관련의 한 학자는, 1924년 그때 레닌이라는 사람이 그렇게 죽지 않고 몇 년만 더 살았더라도, 러시아는 현재의 러시아와는 전혀 달랐을 수도 있었을 것이라고 1940년대 말에 일갈一喝을 했더라고. 그랬더라면 러시아는 저대로 일국一國 사회주의는 유지했던 채로, 트로츠키 같은 멘셰비키까지도 정치적으로 그냥 온존된 채로, 최소한의 민주주의는 유지될 수 있지 않았을까. 그렇게 20년대 후반과 30년내의 저 애오라지 일극一極 체제 왕초였던 스탈린에 의해 모조리 숙청과 처형의 회오리에는 휘감기지 않은 채, 오늘의 북 유럽 사회민주주의 같은 러시아로 이어가지 않았을까? 제2차 대진 뒤의 서 '철의 장막'이라는 것도 애당초 생기지 않았을 수도 있지 않았을까.

대강 이렇게 본다면, 그때 레닌이 충동적으로 혼자서 중얼거렸던 그 한마디는, 비단 스탈린이라는 한 사람 뿐만 아니라, 그 스탈린이라는 자의 저질 정치 행태가 몰고온 뒤, 수십 년간의 소련 방邦이라는 공산체제의 큰 그림까지도, 그때 한눈에 이미 보아 냈던 레닌이라는 사람의 날카로운 형안炯眼이었다. 뿐만 아니라 스탈린이라는 자의 레닌 묘의 영구 보존 조치로 드러났던 저런 식의 저질의 정치 행태는, 오늘 저 북한의 김일성, 김정일에게까지도 그대로 고스란히 이어지면서 김일성, 김정일이 죽은 뒤에 이어진 저 지경의 호화찬란한 영결식은 레닌 묘에 비겨, 몇 십 배, 몇 백 배의 저질스러운 호화판으로 나타나는 거네. 그네들 휘하의 온 나라 백성들은 거개가 죄다 굶어 죽기 직전임에도, 엄청난 거금을 들여 저런 해괴망측한 잔치를 벌이고 있는 정경으로 이어지고 있지 않은가. 그리고 중국, 중화인민공화국이라는 곳도, 모택동 주석의 유해가 레닌 묘의 흉내를 내어 천안문 광장 한 곁에 살아생전의 모습대로 저렇게 안치되어 있긴 하지만, 중국은 원체 땅덩이부터가 커서 그런지 자연스러워 보이는 면도 전혀 없지는 않지만 말이야. 그 속도 더 자세히 들여다보면, 중국의 새로운 개혁을 주도했던 덩샤오핑의 시신은 본인의 유언대로 화장해서, 그이 고향 사천성四川省을 비롯, 중국 강토에다 뼛가루를 비행기로 뿌렸다더군.

더구나 작금에 와서는 그 중국이라는 나라도, 경제 상황이 날로 좋아지면서 개개 백성들의 권리 의식도 엄청 높아져서, 종래 공산당 중심의 그런 인치人治 현상에 대한 비판 의식도 옛날 모택동 시대와는 비교할 수 없게 퍼져 가고 있어. 한 예를 들면 이미 6년 전인 2006년 3월에는 북경 교외의 한 곳에서 현 중국의 관료들과 학자, 각계 전문가 등 40명 정도를 불러서 비공식으로 좌담회를 열었었는데, 한 현직 교수는, "우리에게는 목표가 있다. 이 목표는 지금 이 시점에서 널리 공론화할 수까지는 없는데, 앞으로는 꼭 이런 방향으로 나가지 않으면 안 된다고 본다. 그것은 다당제多黨制, 보도의 자유, 진정한 민주주의, 진정한 개인의 자유의 실현, 이상 네 가지이다"라고 하곤, 잇대어,

—현 체제는 제대로 일을 할 수 있는 체제가 못 됩니다. 모택동 시대란 뭐였느냐, 모 수령의 말씀은 법률과 같아서,

마치 그이 혼자서만 권위 있는 할아버지이고, 나머지는 죄다 손자들 같은 존재였습니다. 그러다가 덩샤오핑 시대로 와서는 그이 혼자서 아버지이고 나머지는 죄다 그이의 자식들 같았습니다. 그러구 오늘 후진타오胡錦濤 시대로 와서는 최고위 간부 아홉 명이 서로 형제간처럼 오순도순 나랏일을 결정해 가고 있습니다. 하지만 그 한 사람 한 사람도 하나같이 자기 개인 문제부터 중요해서, 나라 문제를 두고는 피차에 솔직한 토론과 서슴없는 토의가 제대로 행해지지 못해 그때 그때 합당한 정책이 이뤄지는 분위기는 못 되는 듯합니다. 바깥 사회의 진정한 비판에 진정으로 귀를 기울이고, 저들 아닌 타자他者들의 의견을 받아들이며 끊임없이 매일매일 개혁을 추진해 가는 그런 분위기는 못되는 것 같습니다. 그저 매일 사무실로 나가서 그날그날의 서류나 기계적으로 매만지며 들여다보고, 더러더러 적당한 슬로건 같은 것만 발표하곤 하는데, 그것들도 하나같이 관념적이고 소리만 높을 뿐, 실제적인 것은 별로 없어 보입니다.

그러니 시민사회가 힘을 써서 시민운동이 제대로 활기를 띠면서, 단계적으로 건전한 반대파 세력이 형성되는 등의 새로운 변화가 요청됩니다. 광동성廣東省 위원회 제1서기였던 모모씨는 '이 세상을 철저하게 변혁해 낼 능력은 덩샤오핑밖에는 없는 것 같다'고 개탄하기도 했다는데, 정작 덩샤오핑도 자기의 그 힘을 제대로 활용하지도 않았습니다. 바로 그것이 그이의 한계였을 터이지만, 바로 그이의 후계자들인 오늘의 저 지도자들이라는 사람들은 전혀 그런 힘도 없고 엄두조차 못 내고 있는 것 같아 보입니다.

중국 경제는 현재 극도로 국제화한 상태로 있는데, 물론 이것은 그간의 개방정책과 밀접하게 관련되어 있습니다. 중국 사회가 전진을 이어가야 하는 것은, 이렇게 국제화된 경제의 '틀' 속에 통째로 끼어 있기 때문이겠고, 그런 점으로 본다면 우리 모두 좀 더 참을성을 가져야겠습니다. 하지만 개혁 노력이 이뤄지는 그 한편으로 부패도 함께 늘어나고 있는 점은 경계를 요합니다. 그 밖에도 개개별의 안건, 예를 들어 류사오보劉曉波(다당제로의 이행을 주장한 "零8憲章"이라는 것을 기초起草했던 인권 운동가, 옥중에서 노벨평화상 수상)나 천광청陳光誠(한 아이 낳기 정책의 문제점을 고발했던 앞 못 보는 소경 변호사, 자택 연금중이었음) 사건 등으로, 당국은 더더 보수화

되어 가고 있습니다. 외국으로부터의 비판을 바로 자기들에 대한 적대 행위로 인식하고 있는 것 같은 행태들은 냉전시대의 사고로 되돌아가고 있는 듯하여 답답해 보입니다. 그런 식으로 더더 외고집으로 가는 것은 걱정입니다.

하고 이런 소리까지 서슴없이 하고 있었는데, 현 중국의 어느 일각에서는 공적公的으로 이런 의견까지 나오고 있는 것을 보면, 그야말로 격세지감이 들지 않는가.

비록 이웃 나라 중국에서의 모습일망정 이런 엄연한 사실들을 새삼 들여다보게 되는 것은, 현 우리 남북 간의 문제도 이런 사실들을 우선 전제해 놓고서, 그 다음 이야기를 이어가야 제대로 된 순서가 아닐까 해서이다. 그쪽 세상 어느 한 구석도 이렇게 변해가야 하는 것이 오늘의 냉혹한 현실이란 말일세. 안 그런가.

비로소 영호도 이런 이야기가 왜 나왔는지 알겠다는 듯이 가만가만 머리를 끄덕였다.

6

진수가 다시 억양을 바꾸며 말했다.

—요컨대 아까 이야기 됐던, 현 남북 관계에서의 그 대안이라는 것으로 다시 돌아와 봅세나. 지금부터 하는 내 얘기도, 일단은 지금의 자네로서는 엄청 웃기는 이야기로 들릴 거야. 하지만 난 진정이야, 진정. 오늘의 우리 남북 관계? 당장 우리 한반도를 둘러싼 미국, 중국, 러시아, 일본 등 새로 떠오르는 오늘의 동북아시아 정세가 있어. 저렇게 날로 막강해지는 중국, 특히 군사력. 항공모함도 새로 건조해서 바다에 띄우며 남쪽으로는 베트남이나 필리핀 같은 나라들과, 그리고 일본과도, 어느 섬 하나를 갖고 우리 거다, 아니다, 실랑이를 벌이고 있지 않는가. 새로 떠오르는 미얀마를

둘러싸고도 미, 중의 작금의 저 신경전. 그뿐인가, 북한을 두고도 중국과 러시아 간에 압록강 하류의 황금평, 두만강 하류 쪽의 동북 중국의 저 나선지구에의 진출 같은 것, 그에 맞먹듯이 러시아 쪽은 시베리아의 가스관을 북한을 거쳐 우리 남한이나 일본까지 이어 놓으려는 원대한 꿈도 키우고 있어. 이러니 미국의 오바마 대통령도 중동 지역을 중심으로 했던 이때까지의 세계 전략을 대폭으로 변화시키면서, 새로 우람하게 떠오르는 중국을 중심으로 한 동북아시아 쪽으로 눈길을 돌리면서 새로운 큰 세계 전략 차원으로 나오려고 하고 있지 않는가. 바로 이런 속에서 김정일이 갑자기 사망하고 그 뒤를 이어 젊은 김정은이 새 집권자로 올라섰는데, 그런 북한으로서 당장 급한 것은 무엇이겠어. 일단은 경제란 말야, 김정일이 처음 권력을 잡았을 때처럼 항일 무장투쟁의 혁명 전통만을 오로지 강조하면서 과거지향적으로만 문제를 풀 수는 없게 되었거든. 김일성, 김정일, 김정은으로 이어지는 혁명 가계家系만으로는 저들 권력의 정당성을 확보할 수는 없게 되어 있다는 말이야. 결국은 당장 처해 있는 북한의 새 권력 입장으로서는 우선은 뭐니 뭐니 해도 경제야. 전체 인민의 하루하루 먹고 사는 문제야, 안 그렇겠어? 결국 이 점으로 보더라도, 김정일 시대는 북한 내부적으로도 성공적이지는 못했고, 당장 한반도 정세 차원에서도 불안정성이 높았던 시기였지.

그리하여 이미 김정일이 살아있을 적의 김정은 후계 공식화 이후에도 북한은, 저들이 닥쳐 있는 총체적인 위기를 극복하기 위해서 남북 대화와 6자 회담 재개를 위한 대화 공세를 펴 왔었지. 그리고 당장 북한으로서는 경제 위기를 극복할 수 있는 유일한 길은 대외 관계 확장이었어. 외부로부터의 공급이 이뤄지지 않으면 경제 위기로부터 벗어날 길이 없었으니까. 이렇게 김정일 정권이 말년에 이르러 생존해 갈 중심고리는 바로 중국의 후원과 함께 미국과의 오랜 적대관계에서 벗어나는 길 밖에는 없었어.

한데, 이에 대한 우리네 이명박 정권의 맞대응은, 그네들의 그런 속사정을 전혀 무시하는 쪽으로만 치닫으면서 몇 년을 그냥 허비했거든.

허지만 결국 북한은, 체제와 정권 유지 차원에서라도 북미 협상을 적극 모색할 밖에 없었는데, 이제 바야흐로 그 김정일 체제가 마감됨으로써 필수적인 앞 단계인, 우리 남북한의 정치적 화해가 마련될 수 있는 전환점이 일단 온 것이라고 보아야 하질 않겠는가. 우리로서도 호기好機야. 새로운 김정은 시대에 맞는 새로운 천지개벽과 맞먹는 대북 정책을 본격적으로 모색해야 할 때가 닥친 것이지.

실제로 김정일의 사망을 계기로 이참에, 새로운 남북 관계를 복원하지 못하면, 바야흐로 눈앞에 다가오는 우리 한반도를 둘러싼 정세 변화에 우리 자신이 주도적 역할을 해나가기는 어려울 거거든. 그러니까 아직은 새로 들어선 김정은 권력이 제대로 제자리를 못 잡고 있는 이 시점에, 우리쪽에서 발 빠르게 적극적으로 개입해 들어가 나름대로 영향력을 확보하지 못 하면, 우리 한반도 정세의 앞날을 둘러싼 주도력을 미국이나 중국에 자칫 넘겨주는 치명적인 우를 범할 수도 있다는 것이지. 이 경우, 주도력은 물론 우리 남쪽 뿐만 아니라, 북쪽도 똑같은 수준으로 끼어든, 명실공히 한반도 차원의 주도력이어야 할 테지. 안 그렇겠는가.

—그렇다면 이참에, 이 어려운 찰나에, 우리로서 이 상황에, 어떤 식으로 개입해 들어가야 한다는 건가? 자네 생각

이 있을 법한데.

하고 영호가 다시 핵심적인 문제를 집어내듯이 받자, 진수도 금방 회심의 미소를 머금었다.

—바로 그거야. 이제 내 얘기를 대강 들어 보라구. 처음 들어서는 자네도 엄청 황당하게 들릴 법도 한데 말이지. 자네뿐이 아니야. 우리네 주변의 누구나가 일단은 그럴 것이야. 그래서 아예 단적으로 결론부터 미리 말한다면 우선 지난 50~60년 동안에 북에서 월남해 온 수다한 사람들, 특히 그렇게 월남해 와서 엄청 돈을 벌어들인 숱한 사람들이 통틀어서 각자가 고향으로 돌아들 가겠다, 그 벌어들인 돈들을 한껏 짊어지고 이를테면 금의환향錦衣還鄕 하듯이 제각기 각자가 저들이 태어난 고향 땅으로들 되돌아가겠다, 그렇게 당장 북쪽 고향 사람들의, 거의 굶어 죽기 직전인 저 어려운 사정들부터 왕창 풀어 줄란다. 전제 조건? 그런 따위는 전혀 따지지 않겠다. 그런 건 실제 움직임에 들어서서, 그때 그때 생기는 사정만은 서로 간에 의논하면서 해결해 가자. 그래도 늦지는 않다. 그러니 일단은, 이러는 우리 월남민들의 이 총체적 엄두부터, 생각들부터 현 북쪽 당국이

받아들이겠나? 못 받아들이겠나? 거듭 강조하겠지만, 이러는 우리로서 사전 조건? 그런 건 아예 당최 아무것도 없다. 그쪽 체제? 공산 체제? 물론 우리들은 공산주의라는 건 옛날이나 오늘이나 반대하고는 있지만, 당장은 그런 것을 따지지는 않겠다. 그런 건 뒤에 가서 따져도 늦지는 않다. 아니, 형편 돌아가는 데 따라서는, 그런 따위는 피차에 따지지 않고 자연스럽게 넘어가게 될는지도 모른다. 그런 따위는 처음부터 따지지 않을 뿐만 아니라, 현 북쪽의 새로운 지도체제 같은 것에 대해서도 추호도 간여 않겠다. 다만, 당장 현 북한이 처해 있는 새 권력의 입장이나, 그 속을 하루하루 그야말로 죽지 못해 살아가는 백성들의 지극히 어려운 입장만을 도와주겠다는 일념뿐이다. 이 점, 절대로 믿어다오. 꼭 믿어다오, 우선 당신들 어려운 사정부터, 서로 간에, 우리들 상호 간에 직접 풀어볼 길이 있으면 풀어보자는 거다.

뭐니 뭐니 해도, 당사자는 바로 남과 북의 우리 자신들이 아니냐. 우선 그렇게 우리들 자신부터 확 걷어붙이고 모두들 한꺼번에 나서 보자는 거다. 애당초부터 북위 38도선을 사이에 두고 남북 분단이 시작되어서, 지난 60여 년 동안을 끌어온 일이니, 우선은 이렇게 당사자들인 우리들 자신들이, 이 일의 주도권부터 꽉 틀어쥐자, 이것이다. 어떤가. 우리의 이런 진정을 믿지 못하겠는가. 믿지 못하겠더라도, 일단은 귀측 권력도 당장 손해가 전혀 없을 터이니, 시험 삼아서라도 첫 시작일랑 흔쾌히 떼어 보라. 그렇게 실제로 이 일을 해 보면서야, 우리의 이 진정도 자연스럽게 귀측에 알려지겠으니, 이런 일은 본시 시작이 반이다. 어떤가. 그래도 이래저래 따져들 일이 있겠지만, 그런 것은 일단 일을 시작해 놓고 보면, 이쪽도 그때 그때 따져들 일이 생길 것이다. 그런 것은 상호 간에 피차 매한가지일 것이다. 그러니 당장 시작하고 보자. 어떤가. 우선은 이 남쪽에서 큰돈이, 식량이, 아무런 전제조건 없이 왕창 왕창 북쪽으로 들어간다는데, 이에 반대할 이유는 없지 않느냐. 거듭 다짐하겠지만 딴 의도는 털끝만큼도 전혀 없다. 어떤가, 이래도 못 믿겠는가. 이런단 말이거든. 자네부터 지금 이 소릴 들으면서는 비식비식 웃기부터 하는군. 어이가 없다, 그것이지.

영호도 비시시 웃으면서 받았다.

—아니, 그런 소릴 들으면서, 안 웃을 사람이 어디 있겠

어. 엄청 정신 빠진 소리로 들리는데. 우선은 전혀 현실성이 없는, 처음부터 황당한 소리가 아닌가 말야. 우선은 두 마디만 하겠네.

첫째는, 돈 많이 벌어들인 사람들이 그렇게 호락호락할 것 같은가, 어림 반 푼어치도 없는 소리지. 더구나 북에서 월남해 온 사람들? 그 사람들, 특히나 평안도나 함경도나 황해도 등지에서 저 옛날에 이 남쪽으로 내빼 나온 사람들, 그 사람들, 돈에 관해서는 하나같이 엄청 인색들 하다는 건 이 세상천지가 죄다 아는 얘기야. 그 사람들, 이 남쪽에 와서 그 큰 돈들을 어떻게 벌어들였는데. 그렇게 호락호락?!

그러구, 설령 꼭 월남민이 아니더라도, 그렇게 돈 많은 사람 중에 어느 누가 세상을 떠나서, 그 남은 유산을 유족들이 나누자고 들 때도, 열이면 열, 어김없이 칼부림이 나고, 사생결단 하듯이 싸움박질하면서 재판 소동에까지 이르곤 하는 것은 자네도 노상 주위에서 보아오고 있지 않는가. 그렇게 이 남쪽은 피도 눈물도 없는 경쟁 사회야.

그러구 둘째로, 만에 하나 자네의 그 뜻대로, '이북5도민회'나 '이북5도청'부터 앞장서서, 그런 쪽으로 온통 여론이 들끓고 정부 차원으로도 조국의 먼 앞날까지 내다보며 화끈하게 발 벗고 도와주어서, 그렇게 어느 정도의 거금이 북쪽으로 넘어간다고 치세. 그 돈이 자네 뜻대로 그렇게 북쪽의 굶어 죽기 직전의 어려운 사람들에게만 전달이 될 것 같은가. 자네 자신도 당장 보고 있지 않는가. 이 남쪽에서 어찌어찌 일본이거나 동북 중국 근처의 그런 쪽을 전문으로 하는, 이를테면 중간업자 하나를 물색해서 어렵사리 목적한 대로 거금이 그쪽으로 넘어간다고 치세. 그 돈의 3분지 2는 북쪽 당국이 가로채고 있다는 것도 세상이 다 아는 일이야. 북한 주민으로서 용케 시베리아 벌목공으로 뽑혀서 나간 일꾼들도 그때그때 일당으로 받은 노임의 80%는 북쪽 당국이 그러저러한 명분으로 가로챈다는 것이 아닌가.

그리고 마지막으로, 그렇게 돈이 들어가서 설령 자네 뜻대로 된다고 치세. 그 돈과 함께 들어가는 이 쪽 세상의 썩은 행태들, 부정, 부패, 소위 자유라는 이름의 망나니 성性, 쌍스러움, 경쟁, 생존 경쟁, 이 남쪽의 이 천덕스러운 아수라장 같은 판까지 고스란히 북쪽으로 옮겨다 놓는다?! 이런 사실들을 뻔히 알면서, 지금 자네는 대체, 뭣이라구?! 그런 정신 나간 소리를 텅텅 하고 있으니 원.

―물론 그건 맞어. 자네의 그 현실론에 반대는 않겠어.

한껏 목소리를 낮추며 진수가 다시 조심조심 나섰다.

―하지만, 내가 지금 이런 소리를 하는 건, 당장의 우리 남북 관계에만 주안이 있는 것이 아니라, 좀 더 큰 시야에서 먼 앞날까지 내다보면서 우선은 대외 효과부터 노리자는 것이야. 이런 쪽의 현실론도 분명히 있어. 알아듣겠어? 물론 당장 돌아가고 있는 남북 관계의 현실은 자네 말이 맞어. 나도 그 점을 모르지는 않아. 하지만 생각해 보자고. 우리의 지난 60여 년간의 남북 분단 역사상, 이만한 획기적인 대담무쌍한 제의가 일찍이 언제 한 번이라도 있었는가? 없었거든. 그러니 우선은 세계만방의 언론들부터 엄청 놀라질 않겠는가 말야. 신문이고 방송이고 온통 하나같이 커다랗게 낸다는 말이지. 저것 보아라, 바야흐로 저 나라가 이제는 자신들의 분단 문제를 외세에만 그냥저냥 맡겨두지만 않고, 당사자들인 자기들의 이 문제를 스스로 직접 해결해 가겠다고 저렇게 나섰다. 놀랍다, 대견하다. 저렇게 남쪽이 자기들의 엄청난 경제력을, 특히 북에서 남쪽으로 넘어와서 그

간에 큰돈을 번 유력자들, 대표적인 우익 보수주의자들이 제각기 그 돈을 싸들고, 본시 저들의 고향으로 되돌아가겠다고 저렇게들 나서고 있다. 참으로 대견하다, 운운하며 한바탕들 크게 회오리치듯 세계적인 차원으로 여론부터 환기시키며, 그런 식으로 아예 기정사실화 한다는 말이거든. 처음부터 이만한 차원으로 첫 시작을 뗀다는 말이지.

어떻겠어? 이래도 자네는, 그렇게 그냥 앉아서 자네의 그 재래적인 현실론이라는 것만 내세우면서 비웃고만 있을 텐가. 어쨌든 이런 일은 이런 식으로 일단 저질러 놓고 볼 일이 아니겠어? 게다가 사실도 사실대로, 다시 하나하나 드러내서 사실에 근거해서 똑똑히 들여다보자고.

우리 남쪽? 대한민국이라는 나라가 세계적으로 이 정도로 위상位相이 높아지며, 경제적으로도 전 세계적으로 10위권 안팎으로까지 올라서게 된 그 밑자락에는 솔직히 말해 우리네 월남민들, 북에서 이미 그 옛날에 쫓겨나서, 혹은 그 북쪽 권력하의 동네에서는 못 살겠어서 자청해서 이 남쪽으로 내려온 사람늘, 그들 덕이었거든. 이 점은, 어느 누구든지 인정을 해야 될 것이야. 안 그래? 그때 1950년 겨울과 그 이전에 북에서 남쪽으로 나온 사람들이었어. 바로 임시 수도였던 부산 자유시장 근처에서부터 죽을 둥 살 둥 맨몸들로 날고 뛰면서, 갓 태어났던 이 대한민국이라는 나라를 지켜내고 일으켜 세웠던 것이 대체 누구였느냔 말야. 이 사람들이었어, 이북 사람들. 비단 경제뿐인가. 각계를 막론하고 군이며, 그 무렵 악명 높았던 경찰이며, 글쟁이들이 모인 문단이며, 영화계며, 연예계, 그리고 종교계, 대표적으로 기독교의 한경직 목사, 김재준 목사에 이르기까지, 난다 긴다는 사람들 태반이 그 9할은 월남해 온 평안도나 함경도, 황해도 사람들이었지 않은가. 심지어는 저 악명 높았던 문봉제라는 사람이 이끌었던 서북청년회 같은 것도, 구성원 거개가 이북에서 갓 나온 사람들이었어. 그중에는 김성주던가 그때 벌써 사회민주주의라는 걸 내세우면서 리승만 정권에 처음으로 맞섰다가, 그대로 황천행을 당하는 사람도 없지는 않았지만 말이지. 그런 식으로 초기 대한민국을 세우고 지켜 냈던 사람들 태반이, 바로 이북 사람들이었어. 그렇게 왕창왕창 돈들을 벌었지. 현대의 정주영부터가 강원도 흡곡 사람이었지 않은가. 이렇게 북에서는 못살겠다고 나와서 열심히 돈을 번 사람들이, 이제 그로부터 50~60년이 지나서 제각기 그 돈들을 싸 짊어지고 저들이 태어난 고향 땅으로 무조건 돌아가겠다는 것이야. 말 그대로 금의환향인 셈이지. 이걸 대체 어느 누가 막어. 응? 어느 누가? 게다가 당장 북한 권력으로서는 가장 다급한 것이 바로 돈이 아닌가.

물론 그 점은 자네 말이 맞어. 그런 돈이 들어가면서, 자유? 썩은 자유? 부정부패? 갖가지 망나니 성性들? 천해 빠진 배뚱뚱이들, 그런 것들부터 무한정 들어갈 테지. 그렇지만 한편으로는 종교, 제대로 생긴 문학, 문화, 시집 안 간 수녀들, 그런 자원 봉사자들도 함께……. 아무튼 그런 것일랑 그렇게 제대로 판이 벌어지면 벌어지는 대로 새로운 방책들도 그때 그때 새로 나올 것이겠고, 언론을 비롯한 여러 사회운동도 벌어질 것이고 말이지. 미리 걱정부터 할 일은 아닐 것이야.

그러자 영호는 또 살짝 초를 치듯이 한마디 껴 넣었다.

—하지만 그 이북에서 피난 나온 월남민도 요즘은 얼마 안 남은 모양이든데. 재작년에는 8만여 명이던 것이 1년 동

안에 1만 명이 또 죽고, 작년에는 7만 명이 조금 넘더라던데. 죄다 늙어서 이제는 저렇게 황천행 준비로 바쁘신 모양이던데. 게다가 요즘 중국은 평양에서 만일의 사태가 벌어지는 즉시 두 시간 안에 평양에 진주해 들어갈 군 병력을 벌써 준비하고 있다는 소리도 자네는 못 들었나.

7

진수가 다시 말했다.

―어쨌든 별별 소리들이 다 많지만, 한편으로는 현재 남북 관계가 극도로 안 좋은 이 상황에서도 개성공단은 날로 활기를 띠고 있다지 않나. 지난해 생산액도 2010년에 비해 크게 늘어나서 11월까지의 생산액은 전년에 비해 무려 25.7%나 늘어나서 3억 7백만 달러에 이르렀다더구먼. 또 현지의 북한 근로자 숫자도 5만 명에 가까워, 그 전년보다 2천 5백 명이나 늘어났다던데. 김정일 사망으로 연기됐던 4백 명가량도 추가 투입되고 있어. 이처럼 개성공단은 이미 남북 관계가 어떤 상황에 처하더라도 좀처럼 위축되지 않을 자생력까지 갖추고 있다는 거야.

이렇듯 개성공단이 강한 자생력을 갖는 것은, 현 남북한 사이에 이해득실이 맞아 떨어지기 때문이라는 거지. 북한은 부족한 외화를 벌어들일 수 있고, 우리 기업들은 저렴한 인건비를 토대로 경쟁력 있는 상품을 생산해 낼 수가 있다는 거거든. 그러니 이명박 정부 들어서서 남북 관계가 이 지경으로 악화하지 않고 순조로웠더면 공단은 더 활기찼을 것이라는 거야. 이 점 하나를 보더라도 바로 이런 것은, 현 남북 관계에서 시사하는 바가 만만치 않게 커. 북한학 전문의 한 교수도, 김정일 사망 때에 북한 당국은 공단 운영에 차질이 없도록 하겠다는 메시지를 전해 왔다면서, '북한 당국이 이 정도로 실용적으로 나오고 있음을 보여 주는 사례'라고도 하고 있더군. 현재 개성공단은 백만 평 규모의 1단계까지만 부지가 개발돼 있는 상태인데, 입주 가능 기업은 250개로 잡혀 있지만, 현재 들어가 있는 기업은 125개뿐이라는 거지. 이러한 현재 상태에서도 우리 기업들은 약 2만에서 2만 5천 명의 근로자가 부족하다고 비명을 지르고 있는 상태거든. 연평도 포격 사건으로 취해진 '5 · 24' 조치로 하여, 개성공단에 대한 추가 투자를 금지한 우리 정부의 방침도 일부 원인이겠지만, 그보다도 근본적으로는 북한 측의 근로자 공급 능력이 한계에 달했다는 것이야. 이와 관련해서 우리 쪽 한 교수는 '개성 이외의 북한 지역을 새로 개발하거나 파주 지역에 새 공단을 설치하고 개성과 연계하도록 하는 방안을 모색할 필요도 있다'고 하고 있더군.

그러자 차츰 영호의 얼굴 표정도 조금 수그러들며 진수 말에 솔깃해져서 차분하게 귀를 기울였다. 진수가 영호 얼굴의 그 변화를 들여다보며 잇대어 나지막한 목소리로 말했다.

―바로 그런 점들을 두루두루 생각해 본다면 말이지, 내가 조금 전에 거론했던 북한 피난민들의 전혀 아무런 사전 조건도 달지 않은 대대적인 입북入北 제의도, 그냥 허황한 이야기일 수만은 없어. 물론 자네 말대로 그 숱한 이북 피난민들도 모두 이젠 늙어서 작년만 해도 1만 명이나 죽어서 8만 명에서 7만 명으로 숫자가 줄어들었다고는 하지만, 그 자제들도 엄연히 그 이북 피난민들의 자식들로 자처하고들 있거든. 게다가 그 실제 국면을 가만가만 들여다볼라치면, 그이들 태반이 대북 관계에서는 우리 사회의 가장 대표적

인 반북, 반공 보수층에 속했었거든. 그이들이 갑자기 저렇게 제각기 고향 쪽의 어려운 동족들을 위해 떼거리로 한꺼번에 나서려고 한다는 자체만으로도, 그야말로 세상이 뒤집어질 놀라운 일이 아닌가. 모두가 괄목해야 할 일이야. 그러니 기왕의 그 보수다, 진보다 하는 낡은 틀에서도 이제는 시원히 활딱 벗어나 볼 합당한 기회이기도 하고.

이 말에는 어느새 영호도 어느 정도 수긍을 하며 다음과 같이 드디어 맞장구를 치듯이 받았다.

—하긴, 자네의 그런 소리를 듣자니까, 북한자원연구소 소장이라는 사람 하나가 최근에 발간한 '북한 지하자원의 현황'을 소개한 책 한 권을 우연히 읽어 보았는데 말이지. 그이는 지난 2000년부터 9년간, 그런 쪽의 전문가로서 함경남도 단천, 강원도 평강, 원산, 황해도 사리원, 해주 일대의 광산들을 찾아다니면서, '국가정보인만큼 매장량 자료를 함부로 줄 수는 없다'는 북한 쪽의 관련 일꾼들을 상대로, '그러면 우리도 투자할 수가 없다'고 9년 내내 버티며 실랑이를 벌였다고 하드먼. 특히 그이는 '대북 지원의 경우, 우리 쪽에서도 그 대가를 광물로 받음으로써, 남북 모

두가 서로 이익을 챙기는 방식을 찾자. 그렇게 북한 광물이야말로 '퍼주기' 논란을 해소하는 현실적 대안'이라고까지 강조하였어. 그러면서 그이는 '북한에 기왕에 제공했던 '식량 차관'이라는 것도 올해(2012년)부터 만기일이 오게 되는데, 북한 광물로 받는 방식도 고려해 보아야 한다'고 제안하기도 하였어. 2001년에는 남한 쪽 기업 하나가 희토류 광산 개발사업을 추진하다가 중단됐다드먼. 사전 조사가 부족했고 북한 측에서 자료를 잘 주지 않았다나봐. 북한에서 광물 개발사업을 할 때는 매장량은 물론이고 광산을 돌릴 전력과 주변 철도, 항만 등 인프라 시설 등까지 꼭 확인해야 한다고도 하고 있었어.

2003년 12월에는 평양에서 모모 지역 흑연광산 개발 계약서를 작성하는데, 북측은 우리 쪽의 '대한광업진흥공사'에서 '대한'을 빼자고 요구하는 걸 우리 쪽에서 거부하자, 그럼 돌아가라며 아예 자리에서 일어서 버리더라는 것이야. 하지만 우여곡절 끝에 이듬해 7월에야 우리 뜻대로 계약이 체결됐다고 하더구먼.

2007년 7월에는 함남 단천의 마그네사이트 광산을 찾았는데 홍수가 났어. 15일 일정이었지만, 산속 마을에 고립돼서 일주일을 더 머물러야 하였대나. 그 당시에는 평양에서 떠난 북측 인사들이 단천까지 오는 데만 27시간이나 걸렸대. 홍수로 도로가 끊겨서였지. 체류 기간이 길어지자 동네의 개들이 사라지고, 식사 때 단고기(개고기)가 나오더래. 우리 일행에 줄 식사 재료가 떨어졌기 때문이었다고 대강 짐작이 되더래나. 그 밖에도 그이는 다음과 같은 사실도 밝히고 있었어.

지난해의 북・중 무역 규모가 전년의 30억 달러에서 50억 달러로 급증했다. 중국이 북한의 철광석, 석탄 등을 대거 파내가기 때문이다. 중국은 무산茂山 철광, 혜산惠山 동광 등, 북한의 알짜배기 광산들에도 이미 투자했대나. 그러니 멀지 않은 어느 날에는 우리 북한 땅에서 나오는 광물을 우리 자신이 중국 업체에서 사들여야 하는 괴이한 상황이 올 판이다. 광물 개발은 정경 분리 원칙에 따라 머언 미래까지 내다보며 준비해 가야 할 것이라고 말야.

어떤가. 이런 점들을 두루두루 둘러보더라도 우리는 대북관계에서, 그 하나하나, 사실 자체에 즉해서 접근해야 하는 것이지. 구태의연하게 보수니 진보니 하는 재래적인 이념의 잣대에만 지나치게 매달려 있어서는 안 되지 않겠는가 싶어진다.

특히 북한은 요즘 들어, 우리네 이명박 정부와는 영원토록 상종하지 않겠다며 안보며, 경제며, 매사에 들어 중국 쪽으로만 기대려 하는 움직임을 직시할 필요도 있을 것 같다.

물론 중국은 같은 공산주의 이웃 나라인 북한을 지켜주기 위해 김정일 체제에 대해서도 대단히 호의적이었던 것은 사실이었다. 그 김정일이 죽고 나서 새 지도부에 대해서도 어느 나라보다도 발빠르게 승인을 하며 권력 승계가 원만하게 잘 진행되고 있음을 공개적으로도 강조하고는 있다. 그러나 중국 최고 권력층의 그런 움직임에 대해 일반 중국 사람들 태반은 과연 어떻게 보고 있을까.

실제로 중국은 김정일이 사망하기 직전에는 미국과 한국에 대해 북한과 협상에 나서도록 강하게 요청했었다. 그러나 작금의 중국은 눈에 띄게 침묵을 지키고 있으며 주변 관련국들의 자제를 요청하고는 있지만, 그 강도는 그 전보다는 훨씬 약해져 있다는 것이 극히 최근의 미국 쪽의 입장이며 중국 역시 새로운 북한에 대한 정보가 부족한 때문이 아닌가 하고 보고도 있다는 것이다.

바로 이런 속에서 지난 3월(2012년)에 우리 서울에서 열렸던 '핵 안보 정상회의'에 왔던 중국 쪽의 후진타오 주석과 러시아 쪽의 정상이 똑같이 현 북한은 미사일 같은 것을 쏘아 올려서 동북아 정세를 불안하게 할 것이 아니라 "민생부터 챙겨야 한다"고 직언直言까지 서슴치 않았던 것은 앞에서도 거론됐었다.

요컨대 바로 이런 상황에서 우리 남북 관계도 당사자의 한쪽인 우리 남한 쪽에서도 이명박 정부 차원이 아니라, 민중, 백성, 시민, 다시 말해서 좌우를 가릴 것 없이 민간 운동 차원으로 주도권을 잡고 새로운 차원으로 용약 나설 좋은 기회가 아닐까 싶기도 한 것이다.

두루두루 이런 이야기들을 나누던 가운데, 어느 순간 문득 진수와 영호는 둘 다 똑같이, 어?! 하고 놀라듯이 서로 눈길을 맞추었다.

다음 순간 영호가 또 피시시 웃으며 나지막하게,

—아니…….

하자, 진수도 금방 기별이 가닿은 듯이 피시시 웃으며,

—그러게 말야. 자네도 지금 나와 똑같은 생각으로 깜짝 놀라고 있구먼. 조금 전에 우리는 그 옛날의 「판문점」 소설 속에서의 남북 대화와 비교해 보면서, 요즘의 남북 관계는 전혀 소통이 끊겨졌다고 한탄을 하기도 했었는데, 지금 보니까 꼭 그렇지만도 않구만. 개성공단을 두고서나 자네가 방금 언급한 그 북한의 지하자원 문제나, 정작 남북 간의 당면한 문제들에서는 소통 정도가 아니라 더 깊이……. 안 그래?! 되레 아주아주 현실적으로, 생산적으로, 깊이 들어가 있기도 하는구먼.

하고 말했고, 영호도 곧장 맞장구치듯이 받았다.

—그러게 말야. 바로 세상 흘러가는 진면목이 이런 것 아니겠어. 그 어떤 하나의 기준에만 그냥저냥 주저앉아 있다가는, 저도 모르게 한순간에 구태의연한 날벼락으로 굴러 떨어지게 되는 것도, 이런 경우 같은 것일 거야.

8

잠시 뜸했다가 다시 진수 쪽에서 조금 엉뚱해 보이는 새 이야기 하나를 꺼냈다.

—바로 이런 마당에, 우리네 가까운 주위에도 '2013년 체제 만들기'라는 새 움직임이 떠오르고 있더군. 어때, 영호 자네도 들어 보았나?

—으응, 그거. 나도 그 문건文件은, 한번 읽어 보았지.

하고 영호가 조금 심드렁하게 받자, 잇대어 금방 진수가 다시 물었다.

—읽어본즉, 어떻든가? 자네 보기에는 어땠어? 그 의견부터 한번 들어봅세그려.

그러자 영호는 한번 히뜩 진수 쪽을 무언가 의아해하듯이 건너다보곤, 그냥 무심히 받았다.

—글쎄, 당장 저렇게 떠들썩하게 진행 중인 우리네 총선, 대선 움직임을 앞두고, 한번쯤 응당 나옴직해 보이는 문건이드면. 대강은 그렇게 시의時宜성도 있어 보이고. 작금의 산란하기 짝이 없는 우리네 남한 사회를 두고, 어느 누구든 간에 한번쯤 거론은 할 만한 소리 같던데.

—그래? 그렇다! 자네는 그냥 그 정도로만 받아들였구먼.

—왜. 이 정도로만 내가 받아들인 것을, 자네는 지금 약간 못마땅해 하는 것도 같은데.

하고 영호가 조금 퉁기듯이 받자, 진수는 얼굴 전체를 대뜸 누그러뜨리며 히죽이 한번 웃기부터 하였다.

—실은 '2013년 체제 만들기'라는 그런 '새 틀'이 실제로 그 본래의 뜻대로 이뤄진다고 할 때는, 이건 우리 정치권은 물론이고, 우리 사회나 문화적으로 그야말로 보통 수준의 문제는 넘어설 것이 아니겠어? 그러니까 자네는 그런 쪽으로는 별로 무겁게 받아들이지는 않았군.

—그러니까 자네는, 나와는 달리 그런 쪽으로 벌써 심각하게 받아들였다, 그 말이구먼. 우선 내 경우는 그렇드구먼.

그런 중차대한 제의를, 앞으로의 우리 민족문제를 좌지우지하게 될는지도 모를 그만한 엄청난 제의를 과연 어느 누가, 어떤 사람이, 어떤 계기로 내놓았느냐 하는 것, 그 점부터가 나 같은 사람에게는 벌써 궁금해지기부터 하면서 솔직히 썩 신선하게는 안 받아들여지더라구. 내 말이 무슨 말인지 알겠어? 나 같은 사람에게는 이 점부터가 가장 중요하다구. 그런 제의를 '어느 누가', '어떤 사람이', 그 '어떤 계기'로 했느냐 하는 점. 그렇게 나 같은 사람에게는 그런 소릴, 또 바로 당신께서 하려 드느냐, 이렇게 벌써 조금 지겹기부터 하더라구. 딱 부러지게 말해서 이런 식!! 그야 물론, 그이의 그 말은 맞어, 틀리지는 않어. 오늘 우리 남북 관계에서 당면하게 제기되어야 할 핵심 과제는 당연히 남북 양측의 권력 문제, 권력 관계가 될 터이지. 그러구, 이 경우 자네는 어떤지 모르겠지만 나 같은 사람은 아예 또 다시, 그 무슨 절대의 벽에 부딪치듯이 맥부터 빠지는 기분이야. 미안하지만 난 솔직히 그래, 그렇다구. 저 지경으로까지 가 있는 저 북한 권력을 상대로 그러저러하게 무슨 일을 벌인다? 나는 그냥 두 손 들고 말겠어. 미안하지만!

—뭐, 꼭 나한테 미안해할 것까지는 없지.

하고 진수도, 당장 영호의 저 '속 생각'부터 일단은 대강 존중해주려는 듯이, 그냥 슬근슬근 자기 이야기를 다음과 같이 이어갔다.

—다만, 이 경우에도 우리네가 현재 하루하루 살고 있는 이 남쪽 권력을 두고는, 대통령이라는 자 부터가 원체 손쉽고 문문해서, 마치 지나가는 남의 집 강아지 한 마리라도 다루듯이 그 무슨 소리라도 거리낌 없이 뱉어낼 수가 있어. 하지만 그러다가도, 저 휴전선 너머 북쪽 권력의 김일성이라는 수령 동네에 생각이 미치면, 금방 이 남쪽에서 사는 우리들마저 거의 무의식중에도 그 순간 뭔지 조신操身부터 하게 되고, 어쩐지 함부로 거론하는 것조차 주저가 되고 슬슬 피하고 싶어져. 그렇지? 어때, 자네도 그렇지 않은가?

—어쩜 그렇게도 핀셋으로 쏘옥 집어내듯이, 자네도 그런 거 저런 거 다아 잘 아는구먼. 한데, 그 '2013년 체제 만들기'라는 제의는 그 당당한 논조에 비해서, 정작 그 끝머리의 맞상대인 현 '북한'에 대한 이야기가 너무너무 송두리째 빠져 있었어. 그 점부터 우선 나한테는 수상해 보였다는 거지.

그러구, 이런 느낌은 아마 모르긴 해도 나만이 아닐거야. 현금 우리 남한 사회 속에서 살고 있는 태반의 사람들 거개가 그렇게 느꼈을 거라고. 비록 애매모호하기는 할망정, 그렇게 느끼는 그 느낌만은 결코 애매하지가 않게 단호하게 말이지. 그러니까 그 논조가 드러내는 중요 핵심인즉, 자네가 받아들인 그런 느낌, 그 글을 접하는 태반의 독자들이 공통적으로 느꼈을 그 거의 선험적先驗的이라고까지 할 미묘하고도 섬세한 경지는, 그냥저냥 사그리 홀시忽視된 채 훌쩍 넘어 서 있었어. 무슨 말인지 알겠어? 사실은 이런 점이야 말로 매우매우 중요한 것이거든. 원체 이런 일에 들어서는 독자들이라는 것부터가 호락호락하지는 않어. 미묘하기 짝이 없지만 그보다 우선은 삼엄하지, 치사할 정도로 삼엄해. 처음부터 그 글을 써낸 사람의 뒤통수 계산부터 무섭게 꿰뚫어 보자고 드니까. 아닌 말로, 아까 자네가 읽어 준 그 북쪽 사람들의 그 글, 진솔하게 사실대로만 슬슬 적어 냈던 그런 글들이 안겨 주던 느낌에 비하더라도 그렇고, 조금 어렵고 난삽하고 복잡해. 그야, 그 글을 내놓은 그이는 자네가 지금 거론하는 그 경지까지를 겉으로는 표 안 나게, 자신의 마음속으로는 깊이 가늠은 하면서도, 앞으로 우리 사회 속의 누구나가 모두가 함께 지향해 가야 할 먼 지평까지를 분명히 염두에 두고 있는 것 같기는 하였지만 말이지…….

하고 영호가 받자, 잇대어 진수가 다시 즉각,

—염두에 두고 있는 것 같기는 하지만……. 따뜻하게 가슴 속으로 절절하게 와 닿지는 않고 세세하게 다가들지는 않는다, 뭔지 딱히는 모르겠지만 못마땅한 것, 거역하고 싶어지는 것 같은 것이 분명히 있다, 자네는 지금 그런 얘기지. 실제로 그런 영역은 사람들 사는 매사에서 원체 애매하지만, 그렇지만 몇 마디 말 같은 것으로는 도저히 드러내기 힘든 묘한 영역이지. 무엇이 옳고 무엇이 그르다 하는, 그런 식의 흔한 2분법만으로는 애시당초에 접근할 수 없는, 그런 쪽을 대번에 몇 차원 넘어서는 그런 경지. 그런 쪽의 '눈치'랄까, 원천 감각 같은 것.

—흥. 자네도 지난 50~60년 간 소설 깨나 써 와서, 그런 정도는 죄다 잘 꿰고 있구먼. 요컨대, 그 주장의 밑자락에 깔려 있는 그 사람 근본의 알알한, 적나라한 그 어떤 것. 그런 경지는 흔해 빠진 말 몇 마디 같은 것으로는, 뻔한 논리

같은 것만으로는 접근할 수 없는 경지일 거야. 조금 전, 오늘의 북한 속 저들 삶을 질박하게 그려낸 글들과 비교하더라도 그래. 기왕 얘기가 나왔으니 그중 앞에서도 인용했던 어느 한 부분을 다시 또 직접 거론해 볼까. 쌀 2kg씩 분배를 받는 그 장면 하나에서도 한 대목, 이런 구절이 나오지. 그렇게 양곡 분배를 받고 있는 중에도 '간부처럼 생긴 낯선 사람 하나가 나타나, 걸상에 나란히 앉아들 있는 네 명의 동지들과 뭐라고 뭐라고 쑥덕거리더니, 쌀 몇 가마는 급히 트럭에 싣고 시내 쪽으로 쏜살같이 사라졌다. 옆집 명학이네가 저건 또 어느 돌격대에 보내는 건지 모르겠다고 한마디 했지만, 아무도 대답하지 않았다. 명학이네도 꼭 대답을 듣자고 한 소리는 아니었다.' 요런 불과 몇 구절 속에 스며져 있는 현 북한 사회 구석구석의 명실공히 약여한 실상 같은 것, 그 글을 직접 그렇게 써낸 그 사람의 의식 속에 반드시 꼭 그런 쪽의 의도 같은 것이 과연 개입되어 있었을까. 그건 아니었을 거야. 자기가 그때 그 현장에서 보고 느낀 점을 그냥 저냥 겪은 사실대로 적어 놓았을 뿐임에도, 그걸 읽는 우리 민주주의 사회인 남한 독자들에게는 저 너머의 북한 사회의 일반적인 분위기까지 속속들이 와 닿지 않는가 이 말이야. 이를테면 이런 글과 비교하더라도 그 글은 엄청 차이가 나. 그 무슨 딴 속셈 같은 것, 그런 비슷한 수상한 것까지 살갗으로 껴묻어 오는 것 같거든. 안 그래? 그 차이는 과연 뭘까. 그래서 이런 차이를 아예 한번 아주아주 큰 시야에서 예를 들어 보자면, 아니아니, 이야기가 그런 데까지 이르면 이야기가 너무 거창해지겠는가.

잠시 둘 사이에는 또 묘한 침묵이 흐르며, 흔히 이런 경우의 그 오묘한 정감이 피차간에 살살 감돌고 나서 진수가 다시 조심조심 조금 억양을 낮추었다.

—그러니까 조금 전의 우리 이야기로 다시 돌아와서 오늘 남쪽에 사는 어느 누구나가 그 북쪽 권력에 대해서는 우선은 대강 삼엄하게 겁부터 먹고 있는 것이다, 그런 말이지.

하자, 영호도 곧장 틈을 주지 않고 냉큼 받았다.

—뭐, 뭐라고? 겁? 겁먹고 있다고? 본시 북에서 살다가 이 남쪽으로 나온 자네 같은 사람은 그럴는지 모르지만, 내 경우는 그렇진 않네. 아예 무시해 버리는 것이지. 저 따위의 저런 저질의 권력 행태에는 진지하게 관심을 가져 보았자

골머리만 쑤시지, 밑천도 못 건지겠다고.

순간, 진수는 어? 싶었다. 방금 전에는 그런 쪽을 건드렸을 때, 어찌 그렇게 족집게로 집어내듯이 잘 아느냐고 찬탄까지 했었는데, 이번에는 저렇게 짜증부터 내며 강하게 반발을 해 오는 것이 내심 의외이긴 했지만, 그런 쪽을 악착스럽게 따져들지는 않고 진수는 그냥 조금 웃으며 한마디 하였다.

—하지만 그런 자네도 조금 전의, 북쪽 사람들이 쓴 그런 글을 두고서나, 그 밖에도 오늘의 우리 남북 관계를 두고는 제법 따뜻하게 받아들이지 않았나.

—그건 다르지. 그런 것에는, 당연히 지난 반만년을 같은 동족으로 살아 온 우리네 정리情理로서도.

—그래. 바로 그만한 정리로서도 저런 저 북쪽 권력까지를 그냥저냥 무시할 수만은 없잖아. 그러니까 내 경우는 본시 그쪽 권력을 버리고 내빼 나오듯이 이 남쪽으로 나왔으니까 영호 자네와는 달리 그쪽 권력에 대해 일말의 죄의식을 갖고, 따라서 겁을 먹고 있다고 치더라도, 어쨌든간에 지금 우리들이 갖고 있는 북쪽 권력에 대한 이 거리감 같은

것, 되도록 그런 쪽으로는 언급부터 피하려고 드는 것, 이런 것이 과연 좋은 일인가, 나쁜 일인가. 이런 것은 일단 허심탄회하게 한번 따져 볼 수는 있는 문제가 아니겠는지…….

그러자 영호는 한 손을 내흔들기까지 하며 또 짜증 섞어 지껄였다.

—알겠어, 뭘 그렇게 비비 틀면서 복잡하게 얘길 하나. 요컨대 자네가 지금 제기하려는 핵심 문제도 바로 그것 같은데. 요컨대, 그 '2013년 체제 만들기'라는 글에서도 당장 북쪽 권력의 저런 움직임에 대해서는 왜 한마디도 언급이 없느냐. 지난번 그 북쪽 장례식 광경으로도 우리네의 삼척동자들까지 죄다 훤히 보았던 저 북쪽 권력에 대한 생각이나 관점은, 어째 거의 한마디도 언급이 없이 그렇게도 사그리 쏙 빼 버렸느냐 하는 것. 그러니 그 글의 핵심 주장이란 것도 어떻게 순순히 믿을 수가 있겠느냐……. 그러구 지금 진수 자네도, 어때? 나한테서 이런 소리를 듣고 있는 이 찰나에도 자네는 지금, 저 북쪽 권력 주최자인 그 누군가에게 엄청 불손한 짓을 저지르는 것 같고, '벌써 이런 자기 마음을 그쪽 멀리에서 지그시 노려보고 있지나 않는가' 하고 슬그

머니 주위부터 살펴지게 되는 그런 심정일 테지, 그렇지? 자네는 본시 이북 출신이니 그럴는지도 모르겠지만, 나는 본시 남쪽 서울 출신이니까 꼭히 그런 정도는 아니고 말야.

암튼 백보를 양보하여 일언이폐지해서, 그 '2013년 체제 만들기'라는 '새 틀'이 그 본래의 뜻대로 이뤄진다고 가정해 놓을 때도, 그 다음으로 당장 우리 남북 관계 앞에 나서는 당면한 핵심 과제는, 뭐니뭐니 해도 당연히 그 첫째가 남북 양측의 권력 문제, 곧 양측 권력 관계가 될 수밖에 없을 터인데, 그런데 이미 그 순간에 벌써 나 같은 사람은 우선 백리 바깥으로 달아나고 싶을 정도로 그런 일들이 귀찮아지기부터 하거든.

그에 잇대어, 진수가 다시 곧장 지껄여 대었다.

—그러고 보면, 북쪽의 그 장례식을 처음부터 기획하고 주최했던 분들로서는 우리 쪽의 이런 반응에 그러면 그렇지, 하고 저들 애초의 목적했던 대로 이뤄졌다고 나름대로 만족해 할 것이지만, 그게 또 과연 그렇게 만족만 하고 있을 일이냐 하는 점에서는 이 남쪽에 사는 제대로 양식이나마 있는 사람으로서는, 다시 또 새롭게 따져들 여지가 여전히

그대로 남지.

자, 자네 말대로 이런 식으로 비아냥거리며 이야기를 빙빙 돌릴 것 없이 아예 직방으로 이렇게 한번 물어보세.

현 북쪽 권력 당국은, 김일성 수령이나 김정일 위원장의 살아생전과 똑같은 모습으로 보관된 그 유해를 참으로 영원토록 모실 생각인가. 그리고 그렇게 영원히 모실 예정이었으면 지금의 김정은은 물론이고, 그 아들 후계자나 그 뒤로도 줄줄이 이어질 초대 김일성 수령의 증손자, 고손자, 그 가계 자손들 우두머리들을 백 년, 천 년, 무한정으로 그렇게 모셔 갈 예정인가. 고려조의 왕씨 가계나 이씨 조선의 왕족들 가계마냥. 이 물음에 과연 책임 있게 대답을 할 사람이 북쪽의 현 당국에도 정확히 있을까? 김정은의 고모 된다는 사람이나 그 남편 된다는 장 모모라는 사람인들, 이런 질문에 제대로 대답을 할 수가 있을까.

이에 영호가 다시 금방 받았다.

—그런 종류의 문제 제기를 하는 것조차 당장의 저 북쪽 체제 속에서는 애당초에 감히 상상조차 못 할 일이고, 그랬다가는 일거에 역적 취급을 당하며 어느 강제수용소에나

곧장 끌려가게 될 것이 뻔하지. 요컨대 1936년, 백두산 아래에서 그 '보천보 사건'이라는 것을 일으켰던 무렵에는 약관 스물다섯 살의 명실공히 이 나라의 민족 영웅이었던 김일성이라는 사람도, 그로부터 80년 가까이 지난 작금에 와서는, 본인은 저렇게 저승에 가 있으면서 바로 저런 모습으로 볼품 사납게 추물로 떨어져 있다는 것이, 그 누구 눈에나 명확해져 있다. 이것이 오늘의 적나라한 북한이라는 곳의 현실이고, 실체야.

이렇듯 시간과 세월이 엮어 내는 역사役事는 저 하늘 말고는 어느 누구도 상상조차 할 수 없게 기괴까지 하여, 이 남쪽에서 살고 있는 우리로서는 오로지 악연해질 뿐이지. 어떨까. 이 언급에, 북쪽의 예사 보통 사람들부터 마음 속 깊이 공감들을 할까……!?

오늘의 우리 남북 간의 문제의 끝머리는, 구경적으로 바로 이 지점에 가닿아 있는 것이 아닐까?

이에 다시 진수가 얼씨구나, 박자라도 맞추듯이 이어서 말했다.

―그렇다면 다시 이렇게 이야기를 꺼내 보자. 언젠가, 그

들이 그 자리에 살아생전의 모습 그대로 더 이상은 못 있게 되는 때, 다시 말해서 어쩔 수 없이 그 자리에서 쫓겨 나가게 되는 그런 때……. 이를테면 어쩔 수 없이 언젠가는 분명히 닥치게 되는 그런 경우를 미리부터 상정해 본다면, 그런 때를 염두에 두고 어느 누군가는 지금부터 미리 대비해야 하지 않겠는가, 한번쯤 이런 쪽으로도 일단 생각을 해 보자는 것이야. 물론 당장은 권력을 둘러싼 두터운 방패막이 몇 겹으로 엄연히 존립하고 있겠지만, 그것도 과연 언제까지 가능할 수 있을 것인가. 이 세상에 영원한 것은 결코 있을 수 없다는 사실이야말로 바로 영원한 진리인 것이니까.

그런 날은 천하 없어도 반드시 꼭 온다. 다만, 그것이 어떤 식으로 언제 어떻게 오느냐, 하는 것만 의문점으로 남아 있을 뿐이지.

그렇다면 당장 오늘의 우리 남북 관계도 바로 이 점에다가 집중해서 생각을 해 보자고 들 때, 그 해답은 금방 나온다. 어떻게 나오느냐…….

다시 영호가, 연극 대사라도 읊듯이 줄줄 외웠다.

—그런 날이 문득 돌발적으로 벼락 치듯이 닥칠 때와, 서

서히 시간을 두고 닥칠 때와, 또 그 중간 단계로 닥칠 때, 세 가지로 크게 나뉘어질 것이지.

이어서, 다시 또 진수가,

―그리고 그 어느 경우로 닥치든 간에, 현 권력층은 미리부터 은밀하게라도 차곡차곡 대비해 두는 것은 필수적인 것이 아닐까. 이 대목에서 다시 더 털어놓고 이야기 해 보자면, 분명히 어느 때엔가는 닥치게 될 그런 때를 대비해서 지금부터 양측 간에 생사를 건 피투성이 싸움을 할 필요 없이 평화롭게 권력을 상대편 세력에게 순순히 떠넘기도록 하면 되지 않을까. 그렇게 그 자리에서 천년만년, 영화를 누릴 것 같았던 그이네 당자들도, 어쩔 수 없이 그런 때에 닥치면 저 리비아라는 나라의 카다피 꼴이 되지 않고, 자취조차 전혀 남기지 않은 채 슬그머니 자연스럽게 그냥저냥 평상을 사는 평범한 이웃 사람으로들 순순히 되돌아올 수 있도록, 그런 쪽으로 공을 들이며 지극정성으로 지금 이 시각부터 공력을 쏟는 사람이 그 친족 중에라도 적어도 한두 사람 정도는 있어야 할 것이 아니겠는가.

하고 말하자, 기왕에 이런 소리까지 나온 김에는, 하고 잇대어서 영호가 다시 그 무슨 대본이라도 외듯이 와르르 지껄여댔다.

이웃 나라 일본이 명치 때로 들어서면서 막부幕府라는 사무라이 군부 권력을 천황제에게 큰 싸움 없이 순순히 왕정복고王政復古 했을 때에도, 기껏 졸자 하급 사무라이 무사이던 사카모도 료오마坂本龍馬라는 자와, 그 막부의 상급막료 자리에 있었으면서도 보이게, 보이지 않게 은밀하게 그런 일을 해 냈던 가쯔가이슈유勝海舟라는 두 사람이 지극정성으로 공을 들였었다는 사실은, 오늘의 우리로서도 한번 주목해 볼 만할 것이다. 그때의 일본 경우는 그 근대화운동을 그런 식으로 명치천황에게 물려주는 것이었지만, 지금의 저 북쪽의 경우는 반대로 민중, 백성, 시민들에게 돌려주는 것이 될 터이다.

그러니까 현 북쪽 권력 안에도 언젠가는 그런 일을 해낼 진정으로 그 당대를 훨씬 뛰어넘는 파천황破天荒의 탁월한 사람 두엇은, 친족 중에서건 일반 민중 속에서건 응당 나와야 하지 않을까. 이런 일도 끝내는 그때그때의 그 산천山川 운세이긴 할 터이지만…… 하고.

그러자 다시 진수가 제대로 본론으로 돌아오듯이 새삼 정색을 하며 자못 진지하게 말하였다.

—그 '2013년 체제 만들기'에 대해서는 그 대강의 논지에 대해서 기본적으로 반대 입장을 펴는 짧은 글 한 편도 나는 접했었는데, 그 속에는 이런 구절 몇 마디도 있었어. "그이의 그 글에 관한 한, 2012년 '총선', '대선'의 중심 테마는, 결국 그가 '수구동맹'이라고 지칭한 체제를 해체하자는 것, 그리고 그것을 통해 '남북 연합'으로 직진하자는 셈이다. 이것을 그는 '2013년 체제'라고 불렀다"라고 하고, 그 뒤로 곧장 잇대어서, "전체주의, 3대 세습, 봉건 독재, 쇄국주의, 어뢰와 대포의 '수구동맹'으로부터, 자유, 인권, 개방, 법치의 가치를 지켜 내고, 북한 주민의 행복 추구권에 동참……" 운운하며, 바로 자신은 여전히 그 맞은편, 반대 입장에 자리해 있음을 내비치고 있드먼.

여기서도 보이는 것은, 바로 '좌와 우' 노선, 일컬어 '좌와 우', '진보와 보수'. 우리 남쪽 사회에서 지난 몇십 년 동안 지겹게 이어져 내려 왔던 그 해 묵은 구도가 이 대목에서도 약여하게 내비쳐져 있드먼.

그러고 보면 그렇더군. 논의가 이 대목까지 와서, 이 지점에 이르자, 진수 나도, 문득 화닥딱 놀라지며, 아, 맞다, 이 거구나! 하고 그 어떤 편린片鱗마냥 번쩍 떠오르는 것 한 가지가 있어지드먼.

그렇게 전혀 새로운 각도로, 그 '2013년 체제 만들기'라는 논지의 뜻도, 비로소 나름대로 확연해지는 느낌이 아닌가. 동시에, 그렇게 그 논지에 대해 비판적으로 거리를 두고 보고 있는, 그 짧은 글을 써냈던 그이의 입장도 나름대로 이해는 되더라구. 그이의 그 입장으로서는, 그 '2013년 체제 만들기' 속에서 현 북한 체제를 두고, '전체주의, 3대 세습, 봉건 독재, 쇄국주의' 같은 류의 용어가 거의 한 마디도 나오지 않고 있는 바로 그 점이, 심히 못마땅했을 것이야. 그 점으로 말한다면 나도 분명히 허전하게, 썩 요긴한 무언가가 정작 빠져 있는 듯이 섭섭하게 느껴지긴 했었네. 우리 남한 쪽이 앞으로 현 북한 체제와 마주 앉아야 할 국면이 다가올 때의 문제를 다루면서 정작 북한 체제의 현 상황에 관해서는 전혀 거론이 안 되고 거의 한 마디도 안 보인다는 것이 꽤나 어색하게 치명적인 것으로 막연히 느껴지기는 했었는데, 그렇다! 이 찰나에 와서야 화닥닥, 아, 그렇구나 그렇구나, 하고 뒤늦게 깨닫게 됐던 것, 한 가지가 있어지더라는 말야, 그건 과연 무엇이냐.

그 '2013년 체제 만들기'가, 금년 2012년의 두 선거, 총선과 대선을 통해 기초적인 터, '틀'이 어느 정도 마련될 때는, 응당 다음으로는 새로운 '남북 연합'이라는 국면으로 한 차원 높은 단계, 지평이 비로소 열리게 되는 것이 가능해질 터인데, 바로 이때에 문제는 뭐겠어? 당장 눈앞의 현 북한 권력과 마주 앉아 오순도순 이야기를 나누며 협의해 가게 될, 이 남쪽을 대표할 그 북쪽의 맞상대는 과연 남쪽에서 어느 누구가 되어야 할 것이냐 하는 점이 아니겠느냐 말야. 당연히 그렇게 될 터이지. 이 국면을 한번 냉엄하게 곰곰이 생각해 보자고 들면 일단은, 저들 북쪽으로서는 그 북쪽 권력이 보아서 평소에 저들 마음에 가장 드는 쪽만을 상대하려 들 것이 아니겠는가. 당연히 그렇게 될 것이지. 더구나 저들은, 현 우리 남쪽의 이명박 정권과는 영원히 상대를 않겠다고 엄포까지 냈던 터였으니까.

그렇다면, 우리네 뜻대로 '2013년 체제'의 그 기초가 만들어져서, 그 우리 쪽에서 다음 단계로 목표하는 '남북 연합'의 길로 들어서자면 우선은 첫 순서가, 마주 앉을 저 북쪽 대표가 나와 주어야 할 터인데, 이때 그쪽에서는 이명박을 비롯, 그 밖에도 어느 누구 누구는 싫다, 싫다. 단지 '어느 어느 누구'라면 마주 앉는 것을 받아들일 수도 있겠다고 조금 고압적으로 나온다면 어쩔 것인가. 물론 이 경우 우리로서는 전 김대중, 노무현, 두 대통령이 떠오르지만 그이들은 이미 세상 떠난 상태여서, 당장은 그렇게 북에서 내미는 제의를 우리 남쪽에서도 어쩔 수 없이 그대로 받아들인다면, 그 자체가 우리 쪽에서는 북쪽 권력에 무조건적으로 무릎 꿇으며 항복하는 꼴이 될까? 과연 그렇게 될까? 그렇게 될까? 이 점을 한번 곰곰 곱씹어보자, 이것이야.

바로 이 점에 닥쳐서는, 2012년의 우리 남쪽으로서도 깊이깊이 다시 또 깊이 생각해 볼 문제가 아닐까. 이때, 그 북쪽에서 서로 마주 앉아 협의할 상대로 받아들일 수 있었던 남쪽의 그 '어느 누구 누구'는, 그러면 그간에 우리 남쪽에서도 흔히 거론되곤 했던, '친북' 성향의 사람이라는 것이 될까? 그렇게 '우'는 빠진, '좌' 편향으로, 끝내는 남과 북이 저들 끼리끼리만 마주 앉아서 우리 남북문제와 분단 조국의 문제를 요리하는 것이 될까?! 과연 꼭 그렇게 될까?

어떤가. 반드시 그렇게 되지는 않을 것이라는 게 지금 나, 진수의 생각이야. 바로 이것이, 새로운 2013년을 금방 열리게 할 우리네 2012년이라는 것의 엄청난 '새로운 뜻'이라고 나는 보고 있어. 영호 자네는, 이 점 어떻게 생각하겠어?

우리네 이 남쪽에서는 그런 정도까지 충분히 양보를 하고서도 더 멀리멀리 내다보며, 당장의 목적인 그 '남북 연합'은 너끈히 이뤄낼 수 있다고. 꼭 반드시 이뤄 내야 한다고 볼 수는 없겠는지?

바로 이 지점에서 우리나라 남북문제는 전혀 한 차원 높아진 새로운 국면, 새 패러다임에 진정으로 들어서기 시작하게 되는 것이 아닐까. 이게 바로 나의 작금의 생각이다.

이를테면, 우리 남쪽으로서는 일종의 통 큰, 파천황의 투자인 셈이야. 일단은 엄청 곤경에 처해 있는 저들 북쪽 요구대로, 그 무엇이건 죄다 들어 주어도 무방하다고까지 생각이 든다는 말이다.

잇대어 영호가 금방 받았다.

—그러니까, 그 '2013년 체제 만들기'에서도, 현 북한을 두고는 누구나가 쉽게 운운하곤 하던 그 소리들, 그런 흔한 용어들이 빠진 이유는 바로 이 점에 있었던 것이라고, 진수 자네는 보고 있는 것이구나. 바로 이 국면이야말로, 그 논지가 담아내고 주장하고 있는 본령의 일환이기도 했을 것이라고.

그렇다면 막 하는 말로, 그런 논지를 펴낸 당자는 바로 그 점을 노리고, 이를테면 그 '남북 연합'이 막 첫 출발하는 때부터 벌써 그 한쪽 켠, 남쪽의 주도권을 선점해서 자리 잡아 보겠다는 얍삽한 정치적 야심부터 깔려 있었다는 이야기인가. 그렇게 볼 수도 충분히 있을 것인데. 물론 지금 내가 꼭 그렇게 악의적으로 본다는 건 아니지만…….

이 말이 떨어지자마자, 진수는 와락 역정을 쓰며 대번에 주먹질이라도 할 듯이 길길이 뛰었다.

—그따위 말부터가, 기왕의 지난 60년에 걸친 이 남쪽에서의 가도 가도 '날라리 판' 식의 썩은 정치권에서 응당 나올 법한 발상법이지. 물론 자네가 그렇지는 않다는 점은, 무척 다행이지만 말이지. 지나간 날들의 우리네 그 갖은 오욕

투성이 정치 문화에서도 한번 활딱 벗어나, 전혀 새로운 차원의 맑은 세계로 나서겠다는 것만이 오직 그이의 진정이었음을, 일단 우리 모두가 순순히 믿어줄 수는 없겠어? 거듭 하는 말이지만 '일단은' 말이지. 물론 이 점도, 끝내는 세월이, 시간이, 역사가, 그 뒤로 모든 것을 죄다 낱낱이 드러내 줄 것이겠지만 말이지. 그게 진정으로 하늘을 우러러 티끌 하나 없는 맑은 마음에서였는지, 개인적인 지저분한 야욕에서였던지는 뒤에, 세월이, 시간이, 역사가 해결해 줄 것이고, 그 끝머리는 우리네 산천의 운세에 가닿을 것이겠지만 말이지.

우선은 믿자. 믿어 보자는 말이다. 우선은 우리네 이 해묵은 남북의 현 조건에서 그 어느 누구였든 간에 처음으로 저런 소리가 나오고 있으니까, 그 진정을 믿지 않을 수가 있겠나. 믿어야지, 믿어야 해.

다만, 이 국면에서도 끝으로 궁금한 점 한 가지는 남는다. 그것은 과연 무엇이냐.

바로 지금 내 입장에서의 중심 명제였던 저 북한 권력의 먼 행방은 과연 어찌 될 것이냐 하는 점이야. 그리고 이 지점에 이르면, 그 해답도 일단은 간단해진다. 그렇게 남북 간에 새로 떠오른 그 '남북 연합'이라는 것이, 그 새로운 협의체가 참으로 순조롭게 이어져 가며, 서로 마주 앉아 허심탄회하게 모든 것을 죄다 털어놓고 이야기를 진행해 가다가 보면, 그렇게 20회, 30회, 50회로 몇 년 이어 가다가 보면, 서로 낯이 익혀지고 속속들이 익숙해진다. 그렇게 자연스럽게 의논을 해 나가다 보면, 그 어느 날엔가는 남북 간의 그런 산적해 있던 문제들도 어? 하고 자신들도 미처 의식해 볼 틈도 없이 어느새 자연스럽게 하나하나 해결이 나 있는 것을, 그들 자신부터가 와락 놀라움 섞어 보아 내며 알아차리게 되지는 않을까.

이런 소리가 그냥 여전히 지나친 이상론이기만 할까, 과연 그럴까. 그럴까, 그럴까……?

새로 들어선 북한 권력의 2012년, 신년 공동사설에서도, 새로운 남북 관계에서 '6 · 15 공동선언'과 '10 · 4 선언'의 이행을 강조하고 있었던 것으로 보아서도, 바야흐로 새로운 '남북 연합'이 첫 발을 내딛는 마당에서는, 우리 남쪽에서도 기왕의 그런 구태의연한 정치 행태 같은 것에 전혀 오염되지 않은 신선한 새 사람으로서, 어느 누가 나서도 한두 사람은 앞장서서 나서야 하게 되어 있어.

그 '2013년 체제 만들기'론도, 그렇게 일단은 그 진정을 믿어 보자는 것이다. 그렇다, 믿어 보자. 매사에 시작이 반이라고도 하지 않던가. 바로 그러는 것이 새로 떠오르는 그 새로운 패러다임으로서의 '남북 연합'이라는 전혀 새 '틀'에도 선렬하게 쏘옥 들어맞을 것이야.

현실 정치란 이렇게 어느 때, 어디에서나, 매 순간 순간 하나하나가 극히 어려운 선택임을 새삼 생각해 본다면, 이 국면에 들어서서도 모름지기 우리 남쪽의 그 오랜 '좌, 우', '보수, 진보'라는 이젠 굳은살이 박혀있을 정도로 낡아져 버린 그 굴레에서 일단은 모두 한번 활딱 벗어나 볼 때가 되지 않았을까.

그러자 끝으로 영호가 다시 받았다.

―자네의 그 이야기는 일단 죄다 나도 받아들이겠지만, 내 경우 역시 문제는 그대로 남는다. 그 첫째는 다시 또 북이야. 북의 김정일은 그의 유훈遺訓으로 저들 김씨네 주도로 꼭 남북통일은 이뤄 내야 한다고 하는 모양인데, 과연 우

리 남쪽에서 그 주장에 조금이라도 수긍하는 사람들이 있을 것인가 하는 점. 내 입장으로 보아 우리 남쪽의 정치권을 비롯, 우리 사회 어느 구석에서도 그 주장에 제대로 귀를 기울이는 자는 없을 성싶은데, 그 점 과연 어떨는지.

현 북쪽 권력에 대한 반대 입장만은 결코 견지되어야 한다고 나는 믿고 있다. 이 점, 우물쭈물하거나 뜨뜻미지근한 태도는 결코 용납할 수가 없다는 점.

그리고 또 한 가지는, 현 우리 남쪽에서도 이쪽대로도 혹여 반성할 점은 없을까. 당연히 없을 수는 없다.

소위 저번 19대 국회의원 총선거라는 것에서 보여졌던 갖가지 행태들, 그야말로 목불인견의 움직임들이 양식 있는 사람들로 하여금 우리네 자유라는 것이 심지어 이 지경에까지 이르렀는가 싶어 미간을 찌푸리게 하였다. 남쪽의 우리들부터 최소한의 인간적 품격, 민주적 품위부터 되찾아야 하지 않을까. 그 선거 운동 과정에서의 그런 저런 행태들로 말한다면, 제대로 된 숱한 유권자들의 혐오감까지 자아냈고, 저런 행태들의 누적은 심지어 우리 민주주의의 쇠퇴와, 더 나아가 다시 또 전체주의의 유혹까지 불러오게 될 빌미를 제공할 수도 있지 않을까 하는 걱정까지 생겨나게 하였다.

그리고 또 한 가지. 우리나라 부자들 1%가 우리나라 전체 소득의 16.6%를 차지하고 있을 정도로 부가 한쪽으로 지나치게 치우쳐 쏠려 있다는 점은 우려할 만한 일로 보인다. 이상이다.

9

진수와 영호가 대강 이런 대화를 나누고 나서 일주일쯤 지나서였다.

진수는 택배로 배달돼 온 봉투 하나를 받았다.

발신인은 바로 영호여서 진수는 못내 의아하게 여기며 잠시 우물쭈물하다가 조심조심 뜯어보니, 몇 자 글이 적힌 쪽지부터 나왔다.

—그날 집에 돌아와서도 혼자 그 문제, 우리네 남북문제를 곰곰 생각해 보았는데, 마침 어제 구입한 일본 잡지 하나에 이런 기사가 실려 있어, 자네도 한번 읽었으면 싶어 복사해서 보내네. 일주일 전 그날, 우리들 대화의 끝머리 해결책도, 바로 그 궁극적인 지평은 지금 자네한테 보내는 이 글에

서 보이는 대목이 되어야 할 것으로 나는 일단 생각이 드는데. 어떤가, 자네도 한번 이걸 읽고 나서 다시 우리네 남북 문제를 두고 주로 이런 쪽으로 이야기를 나누어 보세.

영호가 복사해서 보내온 그것을 이 자리서 죄다 그대로 옮길 수는 없고, 그 요점만 우선 짧게 간추려 보면, 현 중국 대륙과 대만 관계를 두고, 현재 대만에 살고 있는 여성소설가 진약의陳若曦라는 분이 현 중국 대륙과 대만, 두 체제 속을 직접 체험해 보고 나서, 2012년 작금의 정황에 대한 자신의 솔직한 소견들을 적어 낸 "중국 민간民間과의 대화"라는 제목의 글 내용이었고, 일본의 월간잡지 '세계世界'의 지난 7월호에 실려 있었다.

그녀는 1938년 일본 통치하의 대만 대북臺北시에서 대대로 대만에 살아온 목수의 딸로 태어났다고 한다. 일찍이 대만대학 외국문학과를 졸업하고 미국으로 유학, 죤스 호프킨즈 대학을 수료, 현지에서 중국인 동포 청년과 결혼했는데, 1966년 중국 본토에 막 문화대혁명이 시작될 무렵에 부부가 함께 중국으로 건너가 공산주의 체제 속을 살아 낸 기이한 경력을 지니고 있다. 그 뒤, 1973년에는 어찌어찌 또 홍콩으로 나왔다가 이듬해 74년에는 캐나다로 이민, 1995년부터는 다시 대만으로 돌아와서 살며 반핵反核 부인 운동 등에 열을 올리고 있고, 대표작으로는 『윤 현장』이라는 소설이 있다.

이 글은 이 여성 작가가 겪어 본 두 체제 경험과 앞으로의 중국 본토와 대만 관계에서 대만이 맡아 내야 할 역할 같은 것을 담아낸 글이었다.

지난 2008년에 대만에서 새로 마영구馬英九 정권이 발족된 뒤로 대만 해협을 사이에 두고 중국 본토와 대만 관계는 비약적으로 확대되어, 대만을 찾는 본토 주민이 엄청 늘어났다고 한다. 그들 대부분은 하나같이 대만 사회의 현 사람살이를 부러워하고들 있다고 한다.

한편, 이에 대해 대만 주민들의 중국 본토에 대한 생각들은 여러 갈래라고 한다. 대만 내의 여러 여론 조사들이 드러내고 있는 것도, 본토와의 뚜렷한 '중국 통일'이나 '대만 독립' 같은 것에 대한 지지는 소수이고, 당장은 대강 '현상 유지' 쪽인데, 그 속을 좀 더 자세히 들여다보면, 중국 본토 쪽과의 정상적인 교류는 바라면서도, 바로 '정치적 통합'에는 태반이 회의적이고 꺼림칙해 하고 있다고 한다.

그 여류 작가 진陳 씨는, 중국의 먼 앞날까지 내다보며 앞으로 대만이 해낼 역할까지 다음과 같이 그 견해를 기탄없이 털어놓고 있었다.

이 진陳 씨는 대만대학 졸업 무렵부터 벌써 소설을 써 왔었는데, 중공 치하 대륙 속에서는 소설이라는 것은 쓸 엄두조차 못 내었고, 어쩌다 대자보(벽신문)를 한 장 써 보았을 뿐이었으나, 글이 약하다고 핀잔을 들었다고 한다. 그리고 홍콩에 나온 뒤인 1974년에는 문화혁명 시대의 견문을 소재로 다루었던 "윤 현장"이라는 제목의 소설이 주목을 받으며, 특히 문화대혁명을 경험한 대만 출신 작가의 작품이라는 점으로 하여 널리 세상에 알려지며 계속 그 '문혁'시대를 소재로 한 작품들을 써내어, 끝내는 그 작품들이 중공의 최고 우두머리 한 사람이었던 호요방胡耀邦이나 대만의 장경국蔣經國 같은 양측 지도자들에게까지도 알려지기에 이르른다.

질문) 1980년의 미여도美麗島 사건, 1979년에 발생

했던 민중과 경찰의 충돌 사건을 계기로 비로소 대만에도 처음으로 야당 결성이 이루어졌지 않습니까. 그때에, 국민당 정부 당국에 항의하여 장경국蔣經國에게 직소直訴 차, 대만으로 돌아왔던 것이 첫 귀향이었었지요? 장경국은 1988년 1월에 죽기 직전부터 민주화 쪽으로 크게 새 방향을 잡는데, 그 전, 1980년에 만났을 때는 어떠했습니까. 혹시 그이 말년의 변화를 예감했었나요?

대답) 구체적인 예감은 못 느꼈지요. 그래서 87년의 계엄령 해제를 전후한 대만 정치의 급격한 방향 전환에는 저도 대단히 놀랐습니다. 그 장경국 시대의 대만은 엄청 복잡하고 혼란했었는데, 경제 성장기 특유의 활기였다고 할까요. 권위주의적인 60년대 초에 비해서는 언론도 활발했고, 사람들 표정도 나름대로 생기에 찼었지요. 지금에 와서 가만히 돌아보면, 그런 식으로 개혁, 개방은 조용히 진척되고 있었던 것 같아요.

잇대어 진陳 작가는, 특히 중국의 전통 문화와 민주주의 성취에서 대만인들은 오늘 온 세계에 넉넉히 자랑할 수 있는 힘까지 지니게 됐다고 평가하면서, "바야흐로 지금은 바로 민주주의 시대. 그 어떤 문제가 있으면 서로 마주 앉아 철저히 토론을 하고, 위정자에게 불만이 있으면 차기 선거에서 바꾸면 된다"고 대만의 현 민주제도에 전폭적인 신뢰를 표명하였다.

"실제로 보세요. 2000년의 총통 선거에서는 폭력단과 돈의 힘만을 철석같이 믿었던 국민당을 보기 좋게 하야 시키고, 2008년 선거에서는 부패와 타락으로 인민을 배반했던 민진당民進黨을 정권에서 쫓아냈으니, 그때그때 정권을 정하는 것은, 유권자임을 보여 주었죠."

진陳 작가의 이런 언명 속에는 이미 민주제도가 일상화되어 있는 대만 주민들의 보편적인 자긍심까지도 엿보였다.

그야, 장개석 시대의 대만에서는 학교에서도 군사교련을 받았었고, 매일매일 '반공항아反共抗俄', '대륙반공大陸反攻'이라고 소리소리 지르며 살았었지요, 물론 그때에는 그런 것들이 추상적인 슬로건들이었지만, 그 대만 땅에서 자유와 민주의 꽃이 활짝 피어난 오늘에야말로, 이제는 문화를 통한 대륙반공大陸反攻을 실천할 것임을 저는 생각합니다.

바로 유교 문화 등, 우리네 중국의 전통적인 미덕이 파괴되지 않고 그대로 고스란히 남아 있는 점이야말로, 바로 대만의 강점입니다. 우리네 중국 전통문화를 귀하게 보존하면서, 그 위에다 갖가지 좋은 외래문화들을 조심스럽게 받아들이면서 질質을 높여 온 대만이었기로, 우리 중국 문화의 훌륭함을 대륙을 포함한 전 세계에 내보이며 오늘 이렇게 긍지를 지니게 된 것이 아니겠습니까.

질문) 현재 대륙과 대만 관계는 어떻게 평가하시겠습니까?

대답) 나쁘지는 않다고 생각합니다. 전체의 분위기도 좋아졌고, 중공의 태도도 엄청 부드러워졌습니다. 한 예를 들면, '하나의 중국'이라는 원칙도, 오직 저들 쪽의 해석 밖에는 인정하지 않았던 중공이, 대만 측의 '일중각표一中各表'(하나의 중국을 두고도 제각기 달리 해석함) 주장을 묵인하고 있는 것도 그만한 정도의 양보 아니겠습니까. 저는, 중공이 대만에 대한 무력행사 포기를 분명히 언명하는 일은 없으리라고 보지만, 저들의 원칙에 꼭 저촉되지 않는 의제에서는 앞으로도 양보해 갈 것으로 봅니다. 그 대륙 쪽도 밑으로부터 단계적으로 민주화를 진척시키는 등, 차곡차곡 변해 가고 있지 않나요. 그럴만한 조건이 아직 이뤄지지 않고 있는 오늘 같은 정황에서는 함부로 통일을 무리하게 강제하지 않는 것이, 중공으로서도 제대로의 길이지요. 그렇게 대륙도 차츰차츰 더 개혁을 추진, 변화해 가면서, 그 결과로 대만인들에게도 받아들여질 만한 정치체제가 되면 그때에 가서 논의를 시작해도 늦지는 않지요. 그러니까 지금은 피차에 대립을 최소한으로 억제, 제각기 발전과 문제의 완화에 공을 들이며 모색해 가야 할 것이에요.

그야, 대만인들 속에는 그럴만한 지난날의 역사적인 경위도 있었던 거여서, 대륙 쪽에 대해 괜스레 우월감을 갖고 싶어 하는 사람도 있습니다. 하지만 그 전의 대만도, 정치적으로나 사회적으로나 많은 점에서 현 대륙과 비슷한 성질의 결점이나 문제를 안고 있었어요. 대만 사람들도 저들이 지나온 길을 허심탄회하게 돌아보면서, 좀 더 냉정하게 대륙을 건너다보아야겠지요.

질문) 지난날의 그 수난의 기억은 더러는 지나치게 과장되기가 쉽고, 오늘에 와서 누리는 특권들을 정당화시키는 근거로 이용되기도 하는 것 같습니다. 하지만 진짜배기 수난자와 뒤의 수익자가 반드시 일치하는 것도 아닌 것 같습니다. 대만의 민진당이나 대륙의 중공, 한때는 혁명 정당을 자처했던 그 전의 국민당도 그랬지요. 그 점에 대해서는 어떻게 보십니까?

대답) 대만 쪽 독립파獨立派에도 요즘 제대로 이성적인 인사들이 늘어나고 있어 요행으로 생각합니다. 저는 대만 독립을 꿈꾸는 것은 비현실적이고 불가능하다고 생각하고 있고, 애당초에 불필요하다고 생각하고 있어 찬동하지는 않습니다. 다만, 그 대만 독립을 포함, 개인의 그런 꿈이나 사상은 존중되어야 하겠지요. 한데, 일부 독립파獨立派 쪽 사람들은, 애당초에 잘못은 국민당 쪽에서 저질렀으니까, 자기들은 무슨 짓을 한들 괜찮다는 식으로 우격다짐으로 나가고, 심지어는 저들의 그런 의견에 상대가 찬동을 하지 않으면 비방을 일삼고 있는 행태, 그런 식의 심리나 작태는 '문화혁명' 당시의 대륙에서 보았던 것과 똑같아요.

질문) 오직 자기 보신을 위해 타인들을 거짓으로 고발, 함정에 몰아넣는 짓 등등, 갖가지 추악한 행태들을 계급투쟁과 혁명이라는 이름 아래 정당화시켰던 점에 바로 '문화대혁명'의 씻을 수 없는 죄과가 있는 것 같아요. 그런 엄청난 체험들을 해선가, 요즘 대만을 찾는 대륙 쪽 사람들도 모두 하나같이 대만 쪽의 전통문화나 안온한 사회 분위기를 높이 평가하며 부러워하는 것 같은데요. 그런 점을 어떻게 보시는지요?

대답) 그 점으로 보아서도, 기왕에 '문화혁명'과 엇비슷한 정신 상태에 있던 대만은, 대만 본래의 전통적인 미덕으로부터 가장 멀리 있던 상태였지요.

질문) 작금의 그런 대만을 좋게 평가하는 중국 본토 사람들 속에는, 국민당 측의 그 보수성과 반공산주의가 결과적으로 중국 전통문화를 대만에 꽃피게끔 하였다고 보기도 하는 것 같은데, 다만 그런 경우에도 국민당 통치 이전의 약 4백 년의 역사를 자칫 소홀하게 여기게 될 것은 아니겠는지요?

대답) 본시 대만에는 중국의 가장 전통적인 문화가 제대로 뿌리를 내렸고, 일본의 식민지 지배를 겪는 속에서도 이 문화는 용케 살아나 파괴되지 않았으며, 더구나 전후에는 국민당 정권이 아예 중화中華 문화의 부흥을 아예 국책으로 삼았던 시기까지 있어, 그 전통성이 강화된 면도 있었던 것 같습니다. 그렇게 오늘에 이르기까지의 역사가 오늘의 대만을 이뤄냈지요. 온화한 우리네 사회 문화나 민주적인 정치 등, 현재의 대만 체제를 대륙 사람들은 우리네 대만 사람들보다 더 좋게 보고 있는 것 같으며, 그 영향은 알게 모르게 우리 대만 민심의 깊은 곳에까지 닿아 있습니다. 그렇게 우리네 대만의 조용한 힘이 대륙 사람들을 매료시키고 있는 지금이야말로, 문화를 통한 대륙반공大陸反攻의 가능성도 열려 있어 보입니다요. (웃음) 통일전선, 이를테면 공통의 적을 향한 연계의 요체는 뭐니 뭐니 해도 선전입니다. 지금도 우리네 대만에는 걸핏하면 중공의 통일전선 전략을 두려워하는 사람들이 있는데, 실제로는 우리 대만이 이제는 대륙 본토 쪽에 대해 문화를 통한 통일전선을 시작해 볼 자신과 긍지, 기개를 가져도 좋겠다는 생각입니다.

영호가 모처럼 보내온 문건을 한번 대충 읽어 본 진수는, 이게 웬일인가, 우선은 장개석이라는 사람부터 비시시 떠올랐다. 그것도 저어 아득한 옛날, 진수 나이 겨우 여섯 살 때인가, 북쪽의 농촌마을에서 서당에 다니던 어느 날에 직접 겪었던 일이었다.

그 기억이라는 것도 이렇게도 영롱할 수가 없었다. 활짝 갠 초여름의 그 서당 안에서 오전 열한 시쯤이었다.

그러니까 1937년, 소화昭和 12년, 바로 일본이 만주사변 뒤로 중국까지 침략해 들어가, 그날 바로 중국의 상하이上海를 점령, 마침 배달되어 온 신문의 첫 면에 장개석의 큼지막한 사진까지 실려 있던 거였다. 그렇게 그 서당 안에서는 마을의 여러 어른들이 둘러 앉아 있었는데 그 속에는 진수 아버지도 섞여 있었던 거였다. 그렇게 그 어른들께서는 그 신문 첫 면에 실려 있는 장개석의 얼굴 사진을 들여다보며 모두 한사람같이 경멸과 야유를 보내고 있었던 거였다.

—흥, 생긴 건 저렇게 말끔해가지고, 꼴좋다.

—그리게. 어쩜 저렇게도 간단히 무너질 수가 있담. 저 큰 나라가.

—이렁이, 이제는 우리나라도 별 수 없이……. 야하 어쩌지? 우린 이제 어째야 하나.

그때 몇 어른께서 나눈 이런 몇 마디 걱정까지 포함해서, 그때 태어나서 난생 처음 보았던 장개석이란 자의 그 사진은 진수 머릿속에 자신도 모르게 깊이깊이 아로새겨져 있었던 거였다. 그 장개석의 얼굴이 진수 평생의 경멸 대상으로 아예 각인되었었다.

그리고 그때는 진수도 미처 그 점까지는 딱히 모르고 있었지만, 여섯 살 나름의 눈치로나마 그 어떤 특이한 분위기까지도 감득되었었는데, 바로 그 무렵에 백두산 밑 혜산진의 보천보라는 산골 마을에서는 일본의 경찰 분소 격인 주재소가 불과 스물다섯 살의 김일성 부대에 의해 습격을 당하여 온 세계를 엄청 놀라게도 했던 거였다. 당시 그 스물다섯 살의 김성주, 김일성은 명실공히 이 민족의 영웅이었었다. 물론 그 점은 진수도 성장해 가면서 훨씬 뒤에서야 정확하게 알게 되었거니와, 아무튼 그때 그렇게 장개석의 중국

상하이 거리가 일본군에 함락되었을 때, 마을 어른들께서는 대놓고 지껄일 수는 없었지만, 우리네 독립운동 쪽도 제각기 마음 한구석으로 의식은 하면서, 당장은 저마다 장개석에 대한 야유와 경멸을 보냈던 것이었다. 그 느낌은 불과 여섯 살이었던 진수에게까지 깊이 박혀 와 있어서, 그 뒤로도 그 못난이 장개석에 대한 경멸 섞인 시선은 진수에게 있어 거의 체질화되어 있었던 것이다.

진수는 6·25가 나던 해 1950년 12월에 남쪽으로 피난을 나온 뒤에도, 1952년인가 당시 이승만 대통령의 특별 초청으로 장개석이 대만에서 우리나라로 건너와, 진해鎭海에선가, 양국 영수회담이라는 것을 할 때도, 진수는 우리 대한민국이 크게 모욕이라도 받는 듯 굴욕감을 느끼며 불편한 심정이었다. 그리고 장개석에 대한 바로 이런 종류의 느낌은, 진수는 지난 몇십 년간 그대로 유지된 채 변함이 없었다.

어쩌면 그 여섯 살 때 서당에서 아버지를 비롯한 마을 어른들의 그 장개석이라는 사람에 대한 느낌을 애오라지 그대로 유지해 가는 것이 자기의 살아가는 길임을 거의 무의식적으로 견지해 오고 있었던 거였다.

그리고 그 장개석을 대륙에서 무찌르며 국민당 정부를 대만으로 쫓아냈던 모택동은 어떤가.

진수도 뒤늦게 1949년에야 그렇게 중국 대륙을 공산주의 체제로 통일해 낸 모택동이라는 사람을 처음으로 접하게 되지만, 줄곧 완전히 그이 주장에 공감되지는 않았었다. 그러나 전 세계 곳곳의 이목을 모으며 심지어 프랑스 같은 선진국에서까지도 지식인이나 대학생들까지 '모택동 사상'이라는 것을 애지중지하며 칭송하는 속에서, 한동안은 그런 분위기에 어느 정도는 부화뇌동했던 것도 사실이었다.

특히 1960년대 후반에서 70년대 초에 걸쳐 대대적으로 일으켰던 소위 '문화대혁명'이라는 것과 그 회오리를 건너다보면서는 일말의 의아심이 없지는 않았었지만, 당시의 일반적인 일부 분위기에는 딱히 반대 의견을 피력하지도 못 한 채 우물쭈물 지나오기도 했었던 것이다.

한데, 그 이후 어떻게 되는가.

그 장개석의 아들이었던 장경국이, 1988년 무렵부터 용약 민주화 쪽으로 방향을 틀어, 그 뒤 지난 25년 어간에 여러 가지로 곡절도 겪기는 했을망정, 오늘 2012년에 와서는 본토 대륙 사람들이 관광 차 대만으로 건너와서도 대만 사람들 태반이 일컬어 공산주의 체제 속을 살아온 자기네들보다 훨씬 온화하고 따뜻한 세계 속을 살아오고 살아가는 것 같은 현지 대만 사회 분위기에 엄청 놀라며 부러워하고 있지를 않는가. 그리하여 심지어는 북경의 국무총리라는 사람까지도 왕년의 그 '문화혁명'이라는 것에도 부정적인 비판적 언급을 하고도 있으며, 공산주의 체제 속을 지난 60여 년 동안 살아오는 본토 사람들 태반이 오늘의 대만 사회 속을 살아가는 사람들 모습을 몸소 겪으며, 그렇게 지난 1970년대 그 옛날에 모택동이 일으켰던 '문화대혁명'이라는 것까지도 기탄없이 폄하하고, 대만 쪽의 사람들 삶을 더더 부러워하고들 있지를 않는가.

그리하여 끝내는 그네들의 통일이라는 것도 곧이곧대로만 접근할 일이 아니라, 형편에 따라서 접근 방법을 달리할 수도 있다는 견해까지 자연스럽게 나오고 있는 것이 오늘의 저네들 현실이다.

이를테면 대만과 공산 대륙, 저들 형편이 아직 제대로 무르익지 않은 속에서도 덮어놓고 무지막지하게 통일이라는 것을 내리먹이듯이 강권으로 강제만 할 것은 아니고, 작금에 와서 서로의 분위기도 한결 좋아지면서 중국측 태도도 많이 유연해지고 있는 점이 우선 주목된다.

한 예를 들어 '하나의 중국'이라는 원칙도 오직 자기네들 해석만을 고집해 왔던 중국측 스스로가, 대륙 측의 '하나의 중국'이라는 명제를 두고도 대만도 대만대로 제각기 다른 해석이 있을 수 있다는 주장도 그냥 묵인해 주며 양보를 한 점도 그것이다. 그렇게 중국측은, 현 대만에 대해 무력행사를 결코 않겠다고 선언까지는 안 하지만 저들의 원칙에 과히 어긋나지 않은 의제에서는 앞으로도 얼마든지 양보를 할 수 있다고도 보고 있지를 않는가. 공산 중국도 중국대로, 밑으로부터 단계적으로 민주화를 진척시키며 날로 변화해 가고 있다. 제대로 조건이 무르익지 않은 속에서 무리하게 억지로 통일을 강제하지 않는 편이 중국으로서도 득책得策임을 현 중국 지도자들도 이미 깨닫고 있을 것이다. 그렇게 중국 대륙도, 계속 저들 형편 돌아가는 만큼 개혁과 변화를 해 가면서, 그 결과 대만인들도 자연스럽게 마음 편하게 그 정치체제를 받아들일 수 있을 만큼 되어서 그런 때에 이르러 서로 협상을 해 가도 꼭 늦지는 않겠다는 생각일 것이다.

따라서 지금은 양측 모두가 서로의 대립을 최소화하고, 제각기 발전해 가면서, 그때그때 문제가 있다면 그 문제도 하나하나 머리를 맞대고 완화시켜 가며 풀어 가는 쪽으로 노력을 하고 모색해 가는 시기라는 것이다.

요컨대 대만 독립이라는 것을 주장하는 '대만 사랑'이나, 저 옛날 대륙 속에서의 자나 깨나 부르짖던 '모 주석毛主席 사랑'이나, 자신들의 정치적 이익을 위해서 인위적으로 꾸려 냈던 분열이나 대립을 이용했던 것이었다. 그래서 계급 투쟁이나 혁명이라는 것들을 명분으로 내세워 노상 안으로부터 적을 만들어 냈던 '문화혁명'의 정신 구조였던 것은 별로 차이가 없었다.

우선 이 국면에서부터 활딱 벗어나는 것이야말로 당면한 길이다.

어떤가. 이상 살펴본 중국 대륙과 현 대만의 관계에서 우리 한반도 문제를 두고 우리 남북 관계에서 우리들이 참고할 것도 있지 않을까. 아니, 바로 저런 논지 하나하나에서 현 우리 남북 관계에서의 우리보다 몇 년, 혹은 몇십 년 앞선 지혜와 슬기를 우리도 보아 내야 하지는 않을는지…….

끝으로 다시 한 번 새삼스럽게 우리 모두가 확인해 보아야 할 사실은 1960년 우리 남한에서 4·19를 기해 우리네 대학생들이 대거 들고 일어났을 때, 그때 초대 대통령이었던 이승만이라는 사람이 곧장 현직에서 스스로 물러나 하와이로 망명의 길로 떠났던 일이야말로 참으로 요행스러운 일이었지 않았을까. 그리고 그렇게 그이가 그 자리에서 쉽게 물러났던 것은, 바로 그이가 미국에 오랫동안 머물면서 철학박사 학위까지 받으면서, 구미歐美 쪽의 민주주의 정치라는 것의 가장 끝머리 요체要諦는 당대의 그 현장의 여론이라는 사실을 온몸으로 터득하고 있었던 데에 말미암지 않았을까. 그때 그이가 끝까지 자리를 지키며 버텨냈다면, 과연 그 4·19라는 것이 그렇게 쉽게 성공할 수 있었을까.

이 점, 그로부터 52년이 지난 이 시점에 와서는, 우리 모두가 진정으로 그 이승만이라는 사람에게 고마워해야 하지 않을까 싶어지는 것이다. 오늘의 남북 관계에서도 이 점은 새삼 우리 모두가 부각시켜서 곰곰 생각해 보아야 할 점이 아니겠는지…….

판문점

새벽녘에는 빗방울이 들었으나 어느새 구름으로 꽉 덮였던 하늘의 이 구석 저 구석이 뚫리며 비도 멎고 스름스름 개기 시작했다. 그렇다고 쨍하게 맑은 날씨로 활짝 개어 오른 것은 아니고 적당히 구름이 끼고 바람이 불며 꾸물거리는 변덕스러운 날씨로 변했다. 해가 떠오르자 비 갠 끝의 습기를 바람이 몰아가고 거무튀튀한 떼구름이 온 하늘을 와당탕 소리를 내듯 이리저리 몰려다녔다. 햇덩이는 그 희고 질은 모습을 잠시 나타냈다가는 검은 구름 속에 묻혀 눈이 시리지 않고도 바라볼 수 있게 귀여운 모습의 또렷한 윤곽이 되기도 하고 육중한 떼구름에 휩싸여 빠져나오려고 안간힘을 쓰기도 했다. 함석지붕들이 새말갛게 반짝이는가 하면 어느새 그늘에 덮여 둔탁해지기도 하였다. 볕과 그늘이 뒤바뀌고 게다가 바람까지 불어, 거리는 수선스럽게 들떠 보였다.

정각 여덟 시에 버스는 조선호텔 앞을 떠났다. 금방 서울을 빠져나오자 추수가 끝난 황량한 들판을 마른 먼지를 일으키며 내처 달렸다.

진수鎭守는 초행길이었다.

—내일 판문점 구경 가게 됐어요.

하고 어제 초저녁 형님에게 말하자,

—뭐, 판문점? 글쎄, 가는 것은 좋다만 조심해라.

형님은 이렇게 긴치 않게 받았다.

—을씨년스럽지 무슨 구경이 되겠어요. 끔찍스러워.

하고 급하게 웃저고리를 걸치고 난 형수가 형님을 흘끗 쳐다보며 한마디 했다.

웃저고리를 갈아입은 형수에게서는 방 전체에 떠도는 화장품 냄새와 더불어 약간 야한 냄새가 났다. 필요 이상으로 도사연해서 앉아 있는 형님에게서도 비슷하게 역겨운 것이 풍겼다.

—끔찍스럽긴 무엇이 끔찍스러.

형님이 형수를 향해 괜히 눈을 부릅뜬다.

'옳지, 저렇게 위엄을 부리는구나. 좀 전에 굉장히 사랑을 했는가 보군. 괜히 쓰윽, 내가 있으니까.'

진수는 마음속으로 이렇게 웃었다. 형수는 한순간 약간 풀이 죽는 낯색이 되었다가 곧 되살아났다.

—무슨 별 준빈 없어두 되나?

형님 들으라는 말이 분명하여 진수는 형님이 대답하거니 알고 그편을 바라보았다.

그러나 형님은 석간을 들여다보면서 형수 말을 묵살했다.

그제야 진수가 다급하게 대답하였다.

—무슨 준비가 필요해요, 필요 없어요.

형님은 다시 온전하게 따스한 낯색이지만 근친다운 우려도 약간 깃들인 투로 말하였다.

—하여튼 조심해라.

—네.

더블베드에 눕힐 법도 한데 더블베드는 비어 있고 조카아이는 그냥 바닥에 눕혔다. 라디오에서는 가느다란 음악이 흘러나왔다. 형수가 그것을 껐다. 형수의 조심스럽게 핥는 듯한 눈길이 잠시 형님의 몸 둘레를 감돌았다. 형님은 턱수염을 만지작거리면서 그냥 신문만 들여다보았다. 다시 형수는 진수를 건너다보며 조금 미안한 얼굴을 하였다. 형님을 바라보다가 진수에게로 돌리는 그 표정의 변화가 엄청나게 느껴졌다.

—몇 시간이나 걸려요?

형수가 또 물었다.

—한 두어 시간 걸린다더군요.

—아이, 좀 지루하겠군.

하고 형님 쪽을 또 쳐다보면서 하는 형수의 말은 '안 그렇소, 여보' 하고 형님의 얼굴을 이쪽으로 돌려잡자는 속셈 같았다.

형님은 일부러 그러는 것이 완연하게 그냥저냥 신문에만 두 눈을 꼬나박고 있었다.

마침 조카아이가 깨어 칭얼거렸다.

—응, 응, 잘 잤니, 푸욱 잤어? 어이쿠, 기지개를 다 켜구, 어이쿠 됐다아.

이것 좀 봐요. 여보, 애 기지개 켜는 것 좀 보세요. 좀 보래두요.

이렇게 또 형수는 형님을 쳐다보다가 제김에 조금 뾰로통해지는 듯했으나, 진수 편을 힐끗 보고는 다시 차악 가라앉았다.

젖을 물렸다.

문득 형수는 진수를 향해 괜스리 두 눈을 끔쩍끔쩍하고는 다시 애를 들여다보며 물었다.

―종혁아, 아재 어딨니?

진수는 별 뜻도 없이 히죽이 웃었다.

조카아이는 젖을 문 채 한 팔을 뒤로 돌리며 진수 편을 가리켰다.

―응 거깄어?

―또 아빠는?

조카는 다시 같은 몸놀림으로 형님 쪽을 가리켰다.

―응, 아빠는 거기 있군.

하고 형수는 통째로 깨물어 먹고 싶은 듯이 와락 조카를 끌어안았다.

비로소 형님이 눈길을 들었다. 순간 형수의 눈빛이 반짝했으나 형이 형수나 조카는 거들떠보지도 않는 것을 알자 다소곳이 머리를 수그리며 조심스럽게 애를 들여다보았다.

—몇 시에 떠나니?

형님이 진수를 향해 조금 단호한 억양으로 물었다.

—여덟 시에 조선호텔 앞에서 떠나요.

이젠 나가라는 신호인 듯해서 진수는 부스스 일어서 형님 방을 나왔다. 그리고 생각했다.

자기가 나왔으니까 형님과 조카의 사이는 온전하게 그들대로의 분위기로 되돌아갔을 것이다. 형님은 와락 다가앉으며 형수의 엉덩이를 한번 꼬집어 볼 수도 있을 것이다. "아이, 왜 이래요오. 주책없이." 형수는 이렇게 소곤대는 목소리로 눈을 흘길 것이다. "안방에서 들어요. 이러지 말아요. 글쎄, 주책없이." 그러나 형수도 알고 있을 것이다. 그들만의 자리가 됐으니까 이러는 것을. 으레 딴 사람이 있으면 사또님이나 된 것처럼 근엄하게 도사리고 있는 남편을. 자연스럽고도 능청맞게 오므라졌다 펴졌다 하는 남편의 그 융통성에 속으로는 감탄할는지도 모른다. 정작 그들만의 분위기가 되면 형님은 애송이처럼 응석을 부리고 도리어 형수가 조금 전의 형님 같은 표정이 될지도 모른다. 형님이 애걸조가 되고 형수가 비싸게 굴지도 모른다. 여자란 은근히 이런 것을 바라고 있을지도 모른다. 사실 형님에겐 치사한 구석이 있다. 형수와 조카는 끔찍이 사랑하고, 어머니나 자기를 두고는 집안에서의 제 처신, 마땅히 해야 할 제 도리 같은 것만 우선 생각한다. 그리고 그 처신이나 도리는 적당히 작위적인 진지성을 수반하기가 일쑤이다.

"어머님이 원래 동태찌개를 좋아하시는데, 저녁엔 그것 좀 하지 그랬어. 그러구 어머님이 늙으시구 쓸쓸하셔서 이것저것 잔소리가 심할테지만 그런 걸 고깝게 여기면 못쓰니까 조심하구. 겸상으로 밥을 먹을 때도 진수는 내 밥그릇과 제 밥그릇을 은근히 살피고 있어. 그런 건 아무리 소탈한 사람이라도 미묘하게 작용하는 법이니까 당신이 자상히 신경을 써야 돼. 진국鎭國이한테서 어제 기별이 온 모양인데, 돈을 좀 부쳐 달라는가봐. I need money. 마지막에 조심스럽게 이렇게 썼더라잖아. 진수 얘긴 농담 비슷했지만 아무래도 좀 부쳐줘야 할까봐. 지금 얼마 남아 있어? 그쪽 돈은 말구, 종혁이 이름으로 된 통장 있잖아. 거기서 좀 떼 보지 그래." 설령 그들만이 됐을 때 이렇게 제 아내에게 차근차근 말을 한다 해도 그러는 표정에는 작위적인 것이 번뜩일 것이다. 비록 형수가 이런 설교를 들으며 순순히 받아들이는 표정이었다고 하더라도, 조금만 지나면 그런 것은 아무래도 좋고 까마득히 잊어버릴 것이다. 형님은 더욱 치근덕거리며 형수에게로 다가앉을지도 모른다. 이렇게 한 집에서조차 느껴지는 이역감, 일정한 상거가 이즈음 와서 진수로 하여금 구체적으로 여자라는 것, 결혼이라는 것을 생각하게 하는 것이다. 그러나 좀 전에 형님이 "가는 것도 좋지만 조심해라." 하던 그 근친다운 우려의 눈길은 진수로서 그렇지 않아도 외포가 곁들인 판문점행을 더욱 꺼림칙하게 한 것만은 틀림이 없었다. 간밤 내내 판문점이라는 곳이 풍겨 주는 이역감은 니깃니깃한 기름기로써 소용돌이쳤다. 판문점이 중유 같은 물큰물큰한 액체 더미가 되어 우르르 자갈 소리를 내면서 몰려오기도 하고, 우둘투둘한 바위덩어리로서 우당탕거리며 달아나기도 했다. 그런가 하면 판문점이 상투를 한 험상궂은 노인이기도 했다. 시뻘건 두루

마기를 입고 가로 버티고 서서 이놈 소리를 지르기도 했다. 호되게 매를 맞은 일이 있는 초등학교 4학년 때 담임선생이기도 했다. 밤새 판문점에서 쫓겨 다니는 꿈을 꾸었다.

새벽에 집을 나서는데 어머니가 말했다.

—조심해라, 또 덤벙대지 말구.

—네.

어머니의 그 자애로운 눈길을 쳐다보며 진수는 '어머니가 역시 제일 좋군. 혼자 늙어지면 참 삭막할 거라' 하고 조금 쓸쓸한 생각을 했다.

한 시간 남짓 달린 버스 안은 외국인 기자들의 웃음소리와 잡담으로 하여 또 다른 이역의 분위기로 무르익어 있었다. 그것은 집에서처럼 섬세하게 느껴지는 미묘한 이역감이 아니라 뚜렷한 이역감이었다.

서양 사람들이란 한 사람 한 사람 따로따로 보면 별로 구별이 없는 듯하지만, 몇 사람을 한데 놓고 차근차근 뜯어보면 제각기의 특색을 특색대로 찾아낼 수가 있다.

대개 머리통이 크고 머리칼은 샛노랗기도 하고 짙은 다갈색이기도 하고, 그런가 하면 신비스럽도록 보얀 은실빛이기도 하고 눈알빛 또한 가지각색이다. 꼭 장난질로 물감 칠을 한 유리알을 박아 놓은 듯이 영롱하게 새파란 눈, 보랏빛 눈, 혹은 회색빛이 도는 눈, 게다가 육중한 코, 전체로써 꽤나 입체적으로 음영이 짙으면서도 어느 구석인가 잔뜩 입김을 불어넣어서 풍선처럼 부풀게 한 것 같은 멀렁한 얼굴, 팔, 다리, 손등 할 것 없이 부성부성하게 노르끼레한 솜털……. 도무지 사람 같지가 않고 괴이한 짐승처럼 보이는 것이다. 그러나 표정 하나하나의 움직임과 노는 짓들은 순진성과 간교성을 범벅으로 지니고 있고, 우리네보다 훨씬 낙천적인 구석이 있어 보인다. 그리고 그 노는 짓들을 가만히 살펴보면 제각기 그 성격의 윤곽들도 금방 짚이는 것이다. 맨 앞쪽에 몸을 쉴 사이 없이 움직이며 웃음거리나 없나 해서 잔뜩 기갈이 들린 좀 주책없어 보이는 사람, 원체 앞자리가 멀어서 말은 못 알아듣겠지만 그 과장이 섞인 손놀림과 요란스러운 뒷모습, 얘기를 듣는 사람들의 심드렁한 표정 등으로 미루어 별로 우습지도 않은 얘기를 애써 우습게 얘기하려는 것이 완연하였다. 한 대목이 끝나면 이따금 그 주위에서 한가한 웃음이 터지곤 하지만 어쩐지 보기에도 딱했다. 정말 우스운 것이라면 이 정도로 떨어진 자리에서도 그 분위기에 저도 모르게 전염되어 웃음이 삐져나올 것이다. 그러나 이따금 터지는 그쪽의 한가한 웃음은 이 버스 칸 전체의 메마름을 차라리 의식하게 해주고, 그럴수록 진수에겐 생소한 이역감만을 배가시키는 것이다. 더더구나 그 작자 바로 옆에 앉은 사람은 자못 호인풍이어서, 그 작자에게서 좀 놓여나고 싶은 모양이지만, 할 수 없이 억지로 꾹 참고 견디는 얼굴이 이쪽에서 보는 사람조차 슬그머니 조바심이 나고 안타까워졌다. 드디어는 하품이 나오자 힐끗 그 옆사람 표정을 살피고는 반쯤 입을 벌리는 듯 하다가 어물어물 다시 다물어 버린다. 순간 그 작자도 잠시 그쳤다가 염치없이 다시 얘기를 잇는다.

진수는 뒤쪽에 앉아 혼자 히죽이 웃었다. 순간 공교롭게도 그자와 눈이 마주쳤다. 그도 조금 창피한 듯 히죽 웃고는 외면을 하고 있었다.

'사람들이란 참 묘해. 이렇게 멀리 앉아 있어도 어떤 순간, 한눈에 완벽한 교류가 가능해지니 말야.'

바로 그때 진수 뒤에서 우렁우렁한 목소리가 울렸다. 물론 영어였다.

—헤이 캐나리, 무얼 그리 또 짖어대구 있어?

'아이쿠 시원해라. 나 말구두 또 있었구먼.'

진수는 번쩍 정신이 들 듯이 뒤를 돌아보았다.

버스 속이 술렁대었다.

—뭐라구?

앞쪽 당사자가 후딱 돌아보며 받았다.

—보아하니, 그닥 재미가 없는 얘기 같은데, 대관절 무슨 얘길 혼자서만 신바람이 나서 그 야단이야? 보고 있자니 딴 사람들이 딱하지 않나. 난 미리 피해서 여기 와 앉았지만.

'어이쿠, 시원해라. 저런 것이 사람을 죽이지, 죽여. 그자도 기가 꺾일걸.'

순간 온 버스 칸이 들썩이도록 웃음이 터졌다. 누구나가 그 작자가 빚어내는 버스 안의 탁한 분위기를 똑같이 역겹게 느끼고 있었던 모양이었다.

—오키나와 얘기야.

그 작자가 받았다.

—오키나와가 어쨌기에?

뒷사람이 다시 질러댔다.

—오키나와 풍속 얘기.

이번엔 그 작자 옆의, 조금 전 하품을 하던 자가 받았다.

—다 아는 얘길 뭘 지껄여.

—오키나와 여잔 맨발로 다닌대나.

—별 신통한 얘기도 아니군 그래.

맨 뒷자리에 앉았던 또 다른 녀석 하나가 이렇게 가시 돋친 소리로 톡 쏘았다.

순간 버스 안은 다시 조용해졌다. 모두가 어느 맨바닥으로 풀썩 주저앉은 표정으로 제각기 손목시계들을 보았다. 새삼스럽게 버스 엔진 소리가 와랑와랑 부풀어 오르고 누구인가가 한국말로 "아직 멀었나?" 하고 지껄이고 있었다.

문득 진수의 눈엔 건너편 자리에서 투박한 남색 코트 차림인 늙수그레한 여기자 하나가 주위의 이런 동정에는 아랑곳없이 소곤소곤 열심히 재잘거리고 있는 것이 돋보였다. 그 옆의 남자는 남편이라는 것이어서 부부 동반으로 나와 있는 기자들이라는 것이다. 그러고 보니까 역시 말하는 표정에 집안 얘기다운 자상하고도 따뜻한 구석이 느껴진다. 남편은 홈스펀 웃저고리에 코르덴 바지의 수수한 차림이고 두툼한 고불통을 물었지만 아무리 보아도 들이빠는 기색이 없다. 이제나저제나 하고 안타깝게 바라보는 것이나 전혀 들이빨지는 않는다. 저런 망할 자식이, 드디어 진수는 이렇게 악을 쓰듯이 속으로 뇌까렸다. 아내 쪽은 보지 않고 똑바로 제 앞만 바라보고 있는 것이 엊저녁의 형님처럼 그런 대로 남편다운 위엄이 늠름하다. 한참만에야 드디어 빽빽 힘을 주어 고불통을 빨다가 얌전한 손놀림으로 고불통 끝을 만져보고, 불이 꺼진 것을 알아차리고도 전혀 표정이 없이 호주머니에서 라이터를 꺼내 불을 댕겼다. 잠시 말을 끊고 이러는 남편을 아내가 차근히 지켜본다. 둘 사이의 더께가 앉을 정도의 때묻은 익숙함이 단련하게 느껴진다. 그러나 그 단련한 냄새도 역시 어딘가 서양풍의 이역 냄새였다. 둘이 다 팔자 좋게 곱게 걸어온 그들 인생의 편린이 번뜩였다. 드디어 남편의 담뱃불이 댕겨지고 푸른 연기가 고불통에서 피어나자, 아내의 얼굴에도 비로소 안심하는 표정이 떠오른다. 다시 좀 전의 얘기를 계속한다.

하바드(대학)에 다니는 큰아이는 위가 약해서 탈이야요.

어제 편지에도 그저 위 타령이군요. 참, 내 정신 좀 봐, 깜박 잊었었네. 후리맨한테서도 편지가 왔어요. 왜 있잖아요. 좀 덤벙대는 애, 큰애 친구, 농구인가 한다는 애 말예요. 별소린 없구, 그저 안부 편지이긴 하지만 우스운 소리를 썼어요. 요새두 당신하고만 꼭 붙어 다니느냐구. 늙어서까지 그러면 다른 사람에게 남편이 공처가로 보이는 법이니까 조심하라구. 나 같으면 아마 죽을 지경일 거라구. 우스워 죽겠어……. 그렇게도 무뚝뚝하게만 보이던 남편의 표정에 미소가 어리는 것이 이런 얘기라도 하고 있는 모양이다. 그녀의 얘기는 그냥 계속된다. 작은애의 서독 여행은 괜찮았나 보죠. 이탈리아, 스페인, 스위스, 희랍까지 돌았다지만 돈이 모자라서 북구라파엔 못 갔던 것을 아쉬워하더군요. 이렇게 썼어요. 마마, 빠빠, 돈 좀 더 버세요. 다음 방학 때는 기어이 덴마크, 노르웨이, 스웨덴의 엽서를 뭉텅이로 마마, 빠빠에게 보낼 수 있도록. 알프스는 확실히 멋있어요. 희랍의 인상도 꽤나 큰 것이었지요. 나는 거기서 비로소 미국이라는 나라는 덩어리만 컸지 뿌리는 얕다고 실감나게 느낄 수 있었지요. 그것만도 큰 수확이었지요. 미국은 어떤지 아세요? 좀 떠 있고 허황하고 알이 찬 맛이 없어요. 역시 몇 천년의 전통을 지닌 나라는 비록 가난하더라도 부피가 있고 이편을 압도하는 것이 있어요. 그것은 중요한 것이지요. 우리들의 교양도, 우선 그런 것에 밑받쳐져 있어야 할 것 같아요. 겉만 핥지 말고 부박하지 말아야지요. 이번에 참 많이 배웠어요. 이렇게 제멋대로 응석을 부려두 큰애보다는 자주성이 있고 단단하고 활달해서 사회에 나가더라도 빨리 익숙해질 것 같긴 해요. 아는 것도 빠르구. 어떻게 생각하세요. 당신은?……. 참, 어제 대사 부인을 만났어요. 당신 안부를 묻더군요. 여전히 무뚝뚝하냐구, 무슨 멋으로 붙어 다니느냐구. 그래서 여전히 무뚝뚝하다고 대답해 줬지요. 그 부인의 조크는 좀 고급이야요. 어떻게 생각하세요? 며칠 전에 왜 파티가 있었잖아요. ICA의 그 누구인가 한 사람이 주관헌……. 그 사람 이름이 뭐랬더라? 그 사람 좀 지저분하답디다. 엉큼한 사람이라고 말들이 많더군요. 자세한 내용은 모르겠지만, 어떻든 말이 많아요. 당신도 조심하세요. 올가미에 걸려들지 말구……. 그녀의 얘기는 그냥 계속되는데 이런 이야기라도 하고 있는 모양이었다.

진수는 입에 단침이 괴어와, 창문을 조금 열면서 뒤에 앉은 외국인 기자에게 열어도 괜찮겠느냐는 눈짓을 보냈다. 그는 어느새 졸고 있다가 화닥닥 상체를 일으키더니 덮어놓고 오라잇 오라잇, 털이 부숭부숭한 손까지 내흔들면서 좋다고 하였다.

진수는 조심스럽게 괸 침을 창밖에다 뱉어냈다.

순간 버스는 임진강을 넘어서고 있었다. 와당탕와당탕거리며 다리를 건너는데, 처참하게 비틀어진 쇠기둥이 강으로 곤두박질을 하고 있고, 동강난 철판때기가 삐뚜름히 걸려 있기도 하여, 비로소 판문점 행이라는 처절하고도 뚜렷한 의식과 결부가 되어서 웬 노여움 같은 것이 울컥 치밀어 올랐다.

버스 안에서는 그렇게도 돋보이던 외국인들이었지만 정작 판문점에 이르자, 그 냄새와 단려한 기운이 푸석푸석 무너져 보였다. 누구나가 회범벅 같은 얼굴로 꽤나 생소한 듯이 어리둥절해서 판문점 둘레를 돌기만 했다. 이것저것 덮어놓고 카메라의 셔터를 누르기도 했다.

버스 안에서 주책없이 지껄여대던 그 작자가 북쪽 경비병에게 카메라를 들이댔다가, 순간 저쪽에서 와락 눈을 부릅뜨면서 돌아서니까 싱긋이 웃고는 그도 그냥 돌아섰다. 제 동료한테로 가서 턱으로 그 경비병을 가리키며 잔뜩 주눅 든 얼굴로 속삭이듯이 말했다.

—저 사람 화났어.

—누구?

—저 쬐끄만 경비병 말이야.

그들은 잠시 한가하게 웃었다.

남편과 쉴 사이 없이 재잘거리던 그 늙은 여기자가 진수에게로 다가오더니 차이니즈는 어느 편에 앉았느냐고 물었다. 아마 저 안쪽에 앉은 세 사람일 것이라고 하니까, 겁겁하게 그 편을 흘끗거리고는 땡큐 하고 호들갑스럽게 지껄였다.

어느새 북쪽 기자들이 나와 있었다.

이편 사람들이거니만 여겼는데, 어딘가 다른 구석이 있어 찬찬히 살펴보니 나팔바지에 붉은 완장을 찼다. 피식피식들 웃으면서 우르르 어울려 들었다. 서로 낯이 익어진 사람들끼리 인사를 하는가보았다.

—오래간만입니다.

땅딸막한 사람 하나가 이편 사람에게 이렇게 말했다.

—오우, 나왔어?

인사를 받은 이편 사람이 더 익숙한 투를 내며 반말지거리로 받았다.

허풍이 섞인 우월감과 상대편에 대한 은근한 비아냥거림이 범벅이 된, 언뜻 보기에도 조금 냉랭했다.

—담배 피우기요?

저편에서 나온 사람이 담배를 권하자,

—또 공세로군.

하고 이편 사람이 받았다. 그러면서도 권하는 대로 담배 한 대를 뽑았다.

—당신들은 그, 무슨 소리요? 공세 공세 하는데, 대체 알아듣지 못할 소릴 헌단 말야.

저편 사람이 또 이렇게 말했다.

—이러지 마. 괜히 능청 떨지 말구 솔직히 탁 터놓구 말해.

이편 사람이 받았다.

—그 좋은 소리군. 그래, 솔직히 터놓구 말합시다.

저편 사람이 또 이렇게 말했다.

진수는 혼자 히죽이 웃었다.

'재미있군.'

그 광경을 멍청히 건너다보고 있던 외국인 여기자가 옆에서 귓속말로 물었다.

—저 사람 지금 뭐라고 말해요?

—미국 사람들은 다 나가라고 그러는군요.

—오우, 그래요? 무서워라.

그녀는 놀라운 듯이 중얼거렸다. 잠시 동안 그쪽을 뚫어지게 건너다보다가 뒤 어깨가 조금 밑으로 처져서 남편 있는 쪽으로 걸어갔다. 남편에게 가서 그쪽을 가리키며 무엇이라고 중얼대자, 남편은 여전히 표정이 없이 그편을 흘끗 한번 처다볼 뿐 그냥 외면을 하였다.

—누님 나오셋소? 우리 누님 나오셋군. 오랜만이외다. 어떻게, 장산 잘 되우?

씽씽 바람이 이는 듯이 휘익 들어와, 허옇게 살이 찌고 굵은 검은 테 안경을 낀 사람 하나가 북쪽에서 나온 서른 살

남짓 되어 보이는 조금 덕성스럽고 펑퍼짐하게 생긴 여기자에게 이렇게 기차 바퀴 지나가는 듯한 소리로 말했다.

치마 저고리를 입고 있어서 이편 여자인 줄 알고 있었는데, 자세히 보니 붉은 완장을 차고 있었다. 그녀는 두 눈이 감겨지게 웃으면서 반색을 했다.

—어이구, 여전하시구려. 로동자 농민들 피땀을 빨아서 피둥피둥해지셨군. 더 뻔뻔해지구.

그녀는 이렇게 말하면서도 악수를 청하였다.

—허, 이거 왜 이래. 만나자마자 또 공세문 곤란한데. 장산 좀 됐다 하구 우선 인사나 하고 봅시다레.

손을 잡으면서 안경잡이가 말했다.

—공센 무슨 공세라고 그래. 공세 혼살이 났는지 원, 지레 벌벌 떨기부터 하니 지은 죄가 단단히 있나 보군.

주위 사람들은 히죽히죽 웃었다. 외국 기자들도 그 오고 가는 표정만으로도 짐작이 가는 듯 피식피식 웃었다.

—우리 매부께서도 안녕하시구, 조카아이들도 다아 잘 있구요? 참, 시아버지 모시기 고생되지 않소? 무척 고생이 될 텐데. 누님 고생을 생각하문 밤잠도 제대로 못 자지 않수.

안경잡이가 또 말했다.

그녀는 손으로 입을 가리고 새어나오는 웃음을 겨우 참아냈다.

—당신은 왜 그리 허풍이 심하오? 허풍만 배웠소?

조금 전 땅딸막한 사람이 그 사이로 비집고 끼어들었다.

—그래, 난 허풍만 배웠다. 당신은 실속만 차려서 그렇게 쬐끄매졌군. 딱하다 딱해. 이런 젠장, 누님하고 마음대로 인사도 못 하겠군.

이편에서 간 사람들이 와르르 웃음을 터뜨리자, 그 땅딸막한 사람도 조금 쓰겁게 웃으면서 말했다.

—영 안 통하는군. 아주 썩어 문드러졌군. 정말 딱하오.

—정말 딱하우. 이런 것이 왈 유머라는 거야. 유머라는 말 배워줘? 모르지? 거기선 모를 거야. 설명해줘?

마침 안에서 마악 회담이 시작되고 있어, 잠시 조용했다.

진수는 창턱에 두 팔을 걸치고 안을 들여다보았다.

—초면이신 것 같은데, 처음 나오셨지요? 안녕하세요.

등 뒤에 상냥스러운 목소리가 들려 고개를 돌렸다. 빵긋 웃는 낯빛이다. 눈알이 투명하게 샛노랗고 얼굴이 납작하고 기미가 끼고 그런 대로 깜찍하게 생겨 있었다. 남색 원피스에 붉은 완장을 찼다. 예사 처녀가 예사 총각에게 흔히 하듯, 수줍음이 어린 웃음을 띠었다. '야, 요것 봐라' 하고 진수는 생각하면서도,

—네, 안녕하세요.

하고 받았다.

아리랑 담배를 피워 물며 비스듬히 그녀 편으로 돌아섰다.

—저, 서울에도 간밤에 비 많이 왔지요?

그녀가 또 이렇게 물었다. '어럽쇼, 금니까지 하고.'

—네? 비 많이 왔지요?

다시 그녀가 재우쳐 물었다.

—네.

—저, 어디 기자세요?

—광명통신요.

—네에, 그래요.

진수는 가슴이 조금 후들거렸다.

마침 저편에서 조금 전의 그 안경잡이가 다시 큰소리로 악악거렸다.

—이를테면 유머라는 것은 말이야. 당신들에게서는 백 번 죽었다가 깨도 알 수 없는 것, 사람이 제대로 사람 구실을 하기 시작해서 얼마쯤 더 있다 가야 서서히 알아지는 거란 말이야, 알아? 알아들겠어? 이렇게만 말해선 거긴 잘 모를 거야.

—여보, 지껄여도 침이나 튀지 않게 좀 지껄여.

—이런 젠장, 월사금을 받아두 시원치 않겠는데, 간섭이 왜 이리 심해. 이건 중요하니까 배워 둬요. 손해는 절대로 없을 테니까.

진수는 발작적으로 폭소가 터져 나와 손으로 입을 가리며 키들키들 웃었다. 무언가 대번에 수월해지는 느낌이었다.

—참, 저런 사람을 어떻게 생각하세요?

그녀가 미간을 조금 찡그리면서 물었다.

—네? 어떻게 생각하세요?

—글쎄, 사람이 재미있지 않소.

진수는 그녀를 건너다보며 또 웃음이 터져 나오려는 것을 겨우 참았다. 그녀도 조금 웃는 듯하더니 일순 싸악 웃음이 벗겨지며 말했다.

—무엇이 덕지덕지 껴묻었어요. 그게 뭐냐 하면 실속 없이 곡예사 같은 몸짓만. 저런 걸 재미있다고 생각하는 건 이를테면 타락의 징조야요. 이럭저럭 와랑와랑한 소음으로 속임수를 쓰는 거, 솔직하지가 못해요. 어떻게 생각하세요?

'제법 지껄이는데.'

진수는 이렇게 생각했으나, 곧장 그녀의 말을 받았다.

—그렇지만 말요. 곡예사 같은 몸짓, 타락의 징조 운운하는데, 그것이 벌써 당신 머릿속의 어느 함정을 뜻하는 거죠. 당신들은 어떤 개개의 양상을 객관적인 큰 기준과의 관련 속에서만 포착하지만, 우리네에선 그렇지가 않아요. 저런 것이 비록 당신 말대로 속임수라고 쳐도 속임수치고는 즐겁고 순진한 것이라 그런 말이지요. 타락의 징조라는 것도 명확한 개념으로 간단히 처리될 성질은 아니지요. 어떤 분위기가 완숙의 경지에 이르러서 익어 터질 때, 이를테면 타락의 징조라는 게 나타나는데요. 전체적으로 포착하면 피상적으로 명료하지만, 그것만 고집하는 건 무리지요. 그런 방법은 유형을 가르기만 하는 데는 필요해도, 어떤 경우의 섬세한 진실은 포착 못 해요. 감은 더운물에 넣어야 떫은 맛

이 없어지지 않아요? 너무 오래 데우면 껍질이 벗겨지고 물큰물큰해지지요. 요컨대 타락의 징조라는 것도 당사자의 경우에선 적당히 감미롭고 졸음이 오듯이 고소하고 팔다리를 주욱 펴고 있는 것 같이 그래요.

—그건 비겁한 짓이야요. 그런 썩은 개인의 경우를 문제삼을 수는 없어요. 감은 익어서 먹으면 될 뿐이야요. 익는 과정을 운운하는 건 쓸데없는 사변이지요. 어떤 큰 가능성에 대한 큰 지향이 있어야 해요. 그렇지 않으면 그 찌뿌드드하게 졸음이 오는 감미에서 헤어나지 못해요. 사변에 매달리고 섬세한 경우에 매달리고 그러면 아무것도 못 해요. 큰 결론만이 필요하지요. 이것이 바로 우리 현실의 정곡이야요. 어떻게 생각하세요? 그렇게 생각 않으세요? 참, 저 서울은 어때요?

진수는 그녀의 현실 운운하는 말을 받으려다 불쑥 튀어나오는 딴소리에 멈칫했다. 그러자 그녀는 웃으면서 말했다.

—그 문젠 알았어요. 그 문제에 대한 결론은 제가끔 얻으면 되잖아요? 제가 옳아요. 얘기도 효율적으로 속도 있게 합시다. 서울은 어때요?

—…….

—네? 어때요?

—평양은 어때요?

—근사해요. 아주 굉장해요.

—서울두 근사하죠. 아주 굉장하구.

그녀가 피 하고 웃자, 진수도 피 하고 웃었다. 다음 순간 둘이 다 키들키들거렸다.

—가족이 전부 서울에 계시겠군요?

그녀가 물었다.

—네.

진수가 대답했다.

—결혼은 하셨어요? 실례지만.

그녀가 얼굴을 약간 붉히면서도 또 이렇게 물었다.

—아뇨.

진수는 문득 엊저녁 형님 방으로 들어섰을 때, 웃저고리를 갈아입던 형수에게서 야한 냄새가 나던 일이 떠올랐다. 그는 조금 쓸쓸한 표정이 되었다.

—참, 저……, 남북 교류를 어떻게 생각하세요?

그녀가 또 이렇게 물었다.

—네? 교류요? 글쎄……. 결국 이렇죠. 지금 당신하고 나하고 교류가 가능해지지 않았습니까? 참 간단하게……. 그러나 이런 걸 빗대어서 모든 것이 다 이런 투로 될 수 있다고 생각하는 건 지금 우리가 처해 있는 처지로서는 너무 소박하구 낙천적인 생각인 것 같군요. 우리 남북 관계는 원체 착잡해요. 6·25 이전부터의 그 끔찍끔찍한, 이 리얼리티를 리얼리티대로 포착하는 것이, 참 리얼리티라는 말은 모르겠군.

진수는 얘기가 신명이 나지 않아, 뜨적뜨적 이렇게 말하고는 씽긋 웃었다.

—사실주의의 그, 그런 것 말이지요?

—네, 네, 그런 거요. 그런 것과 관련이 있는 문제거든요. 민족의 양식이라는 것도 현실적인 조건 앞에서는 당장 먹혀들 여지가 없어요. 현실은 어떻게 해 볼 도리가 없게 되어 있지 않나요?

하고 진수 쪽에서 받자, 그녀가 달래듯이 말했다.

—그렇지가 않아요. 조금도 복잡하지도 착잡하지도 않아

요. 지극히 간단하지요. 당신도 자기 운명은 자기가 쥐고 있다고 생각하시지요? 그렇지 않으세요? 그렇지요? 그러니까 간단하지요. 패배 의식과 우유부단은 못써요. 문제는 간단한 걸 괜히 복잡하게 생각하려고 해요. 교류를 하면 교류가 되는 거야요.

―그러나 피차 타산이 있지요. 그런 본질론이 통하지 않아요. 그렇게 간단간단히 생각하는 건 당신들의 상투적인 생각이고, 이편 경우는 또 이편 경우거든요. 이편의 내력이 또 있어요. 철저한 현실주의가 작용하는 거지요. 막 하는 말로, 먹느냐 먹히느냐 하는 측면 말이지요. 우리, 조금 더 얘기가 솔직해져야겠군요.

그러나 그녀는 두 눈을 깜짝깜짝했다.

―누가 먹고 누가 먹히나요? 그 발상법부터가 비뚤어진 생각이야요. 요컨대 피할 까닭은 없어요. 어떻게 생각하세요? 정치의 표준이라는 걸 어디다 두고 계시나요? 어느 특정된 개인의, 혹은 집단의, 감정적인 장애라든가, 타성에서 오는 고집이라든가, 우선 그런 건 제거되어야 하지 않아요? 선택할 권리는 묻혀서 사는 일반에게 있어요. 그 사람들에

게 선택할 기회와 자유를 주어야 해요.

그녀는 얼굴까지 붉히면서 좀 강렬한 어조로 이렇게 말했다. 진수가 응했다.

―그렇지요. 선택할 자유를 주어야지요. 아무렴요. 당신들은 줍니까? 당신들 세계에서 자유라는 건 어떤 모습을 지니는가요? 자유조차 혹시 강제당하는 건 아닌지요? 설령 그것이 당신들이 말하는 진보적 민주주의가 표방하는 선택된 몇 사람의 미래에 대한 일정한 역사적 전망에 안받침된 옳은 강제라고 가정하더라도 말이지요. 어때요? 거기서 견딜 만해요? 솔직히 말하세요.

진수는 조금 신랄하게 찌른 듯하여 씽긋 웃었다.

순간 그녀는 발끈했다.

―신념이 문제지요. 자유는 허풍선과 같은 허황한 것일 수가 없어요. 자유의 진가는 그 사회 나름의 일정한 도덕적 규범과 인간적 품위와 결부가 되어서 비로소 제대로 설 수 있는 거지요. 자유 이전에 정의가 있어요. 그렇지 않으면 자유는 이용만 당해요. 빛 좋은 개살구지요. 우리 모랄의 기본이 뭣인지 아세요? 우리 민족의 나갈 바는 큰 방향이야요.

개인은 거기 제대로 째어 들어 있어야만 해요. 그 속에서의 자유야요. 결국 이념이 문제겠군요. 당신의 생각은 나태 그것이야요. 타락되고 싶다는 말밖에, 놀고 싶다는 말밖에 아니야요. 자유에 대한 옳은 인식도 없고, 일정한 이념도 없고, 있는 것은 그날그날의 동물적인 희뿌연 자기밖에 없어요. 비트적거리고 주저앉고 싶은 자기…….

—그럼, 자기를 팽개치고 무엇이 남아요. 놀고 싶고 적당히 나쁜 짓 하고 싶은 자유란 최고급이지요. 사람은 원래 그렇게 생겨 먹었어요. 그것을 크낙한 관용으로 받아 안을 수 있는 사회가 있어요. 부피와 융통이 있는 그런 것이 적당히 용서가 되면서도 전체로 균형이 잡혀 있는……. 참, 어느 쪽이 허풍선이냐 따질까요? 자기조차 팽개쳐 버린 이념 덩어리가 허풍선이냐, 그렇지 않으면 적당히 자기를…….

—천만에, 자기가 없이 어떻게 이념이 있을 수 있어요? 자기를 왜 팽개쳐요. 완벽하고 명료한 자기는 이념에 밑받침되어 있어야 해요. 그렇지 않고는 흐늘흐늘하고 비트적거리는 자기의 검불만 남아요. 당신의 자유에 대한 견해는 썩어빠진 거야요. 한마디로 썩어빠진 거야요. 쉰 냄새가 나

요. 곰팡이 냄새가……. 어마아, 그런 논리가 어디 있어요?

—있지요, 있구 말구요. 사람이 지니고 있는 내면의 부피와 깊이는 한이 없어요. 당신들은 사람도 어떤 효율의 데이터로만 간주하고 있어요. 당신들 사회에서 옳다 그르다 하는 그 기준이 대강 짐작이 되는데, 일면적인 거지요.

—아니야요. 다만 지금 우리들의 현실이 다급해 있다 뿐이지요. 원인은 그것이야요.

—참 도스토예프스키나 셰익스피어를 아시오? 어떻게 생각하시오?

—알아요. 도스토예프스키는 약간 자신을 희화화하여 놓고 필요 이상으로 비장한 몸짓을 하는 도시 소시민의 사변철학이고, 셰익스피어는……. 시민사회가 싹트기 시작하는 사회의 여러 모를 부피 있게 부각시켰어요.

—무서운 추상이로군.

—아니야요. 본질이 그래요. 세부에 구애되지 말고 큰 윤곽으로 포착해야 해요.

마침 좀 전의 외국인 여기자가 옆으로 지나가고 있었다. '오우, 원더풀.' 히죽 웃으면서 이런 표정을 했다.

그리하여 잠시 얘기가 끊겼다. 잠시 뜸하다 했더니, 조금 전에 요란스럽게 지껄이던 안경잡이와 그 '누님'께서는 같이 사진을 찍고 있었고 둘 다 키들키들 웃고 있었다. 회담장소 건너편 쪽 처마 밑에서는 양쪽 사람들 대여섯 명이 우루루 붙어서 실랑이질을 하고 있었다.

들여다보이는 회담장은 바야흐로 서릿바람의 도가니였다. 납치한 어부들을 당장 송환하라는 것이었다. 기본 내용을 알아서 그런지 말소리는 들리지 않고 그저 스피커 소리가 귀에 윙윙하기만 했다. 저편은 울부짖고 이편은 전혀 무관심의 표정이고, 이편이 울부짖으면 저편 얼굴에 하나같이 비아냥거림이 어리고, 드디어 저편에서 책상을 두드리고, 순간 맞은편에 앉은 이편 사람은 시끄럽구먼 왜 이리 야단이여, 이쯤 조금 어리둥절한 낯색을 하고, 비로소 스프링 달린 쇠붙이 의자를 한번 들썩이고 헛기침을 하고, 똑똑히 들으란 말이여, 별로 쓸모 있는 소리는 아니지만, 이렇게 미리 다지기라도 하듯이 상대편을 일순간 맞바로 쏘아보고, 내리 읽고……. 이번엔 스피커에서 영어가 울리고 서릿바람이 일고……. 이런 연속이다.

—인도적인 원칙으로서도 돌려보내 줘야지.

잠시 말없이 안을 들여다보던 그녀가 진수 들으라는 듯이 혼잣소리처럼 말했다.

—지금, 몇 살이오?

진수가 조금 전의 억양과는 달리 단호하게 물었다. 여자가 너무 까불면 못써, 제법 이런 눈짓으로 숙성한 남자의 그 위엄을 드러내면서.

—스물넷요.

그녀는 약간 놀라면서 진수를 쳐다보곤 조금 당황해하며 겁에 질린 듯이 대답했다.

'다섯 살 차이라…….' 진수는 익살을 부리듯 이렇게 생각하며,

—조금 수월해집시다. 피곤해질 소리만 하지 말구. 언어는 언어 이상을 뛰어넘을 수 없거든. 우리들의 현실이 바로 그거란 말요. 비겁한 도피 의식이라고 해도 할 수는 없지만. 어떻든 피차 타산이 앞선 거래가 아닙니까. 좋은 소리 해 보아야 믿을 사람도 없구. 이쯤 되지 않았소? 비극이랄밖에요.

하자, 그녀는 잠시 어리둥절한 낯색으로 다시 이 말을 받

으려고 했다. 그러나 진수가 그녀를 막았다.

—이를테면 말요. 내가 남편이고 당신이 아내라고 칩시다. 그럴듯한 놀음이 제법 될 것 같지 않소? 이편에서 위엄을 부리는 것과 그편에서 아양을 떠는 것이 제법 썩 들어맞을 것도 같은데. 이편에서 눈을 부라리면 제법 수그러들 줄도 알긴 알 것 같고, 이편에서 술이나 마시고 조금 흐트러진 표정으로 우자우자 하면 그쪽에서는 제법 기승을 세울 줄도 알긴 알 것 같고, 이편에서 노래를 부르면 시늉으로라도 반주쯤도 하겠고, 양말짝이나 기저귀 빠는 것도 못 할 일 아니겠고, 애에게 젖 물리는 것도 제격이겠고, 어떻소? 헌데 스물넷이면 노처녀군.

대뜸 물 쏟아 버리듯이 진수가 말하자, 어머나아 하듯 그녀는 입을 조금 헤 벌린 채 멀거니 진수를 쳐다보았다. 다음 순간 한 손으로 입을 가리고 키들키들 웃었다.

—천만의 말씀이요. 스물넷이 뭣이 노처녀예요?

하고 익살을 섞으며 그녀도 받았다. '어럽쇼' 하고 진수는,

—여자 스물넷이면 노처녀야. 알아둬. 거기서는 버릇이 그런가. 버릇치고는 못됐군. 스물넷에 시집도 못 가면 쓰레

기 취급을 당하는 거야, 알아둬.

하자, 그녀는 정신을 차리려는 듯이 조금 새침해졌다. 순간 주위를 후딱 살폈다. 누가 들으면 이건 좀 창피하군, 약간 난처해하는 표정이 되었다. 그러나 다시 받았다.

—말솜씨가 역시 망종 냄새가 나요. 거기선 남자 구실을 하려면 그래야 되나요?

—망종이라니, 무슨 소리야? 못 알아들을 소린데.

—망할 종자, 이를테면 망나니, 어깨, 깡패…….

—그럼 꽁생원만 사낸가, 거기선?

—천만에.

—그럼 됐어.

'정말 그럼 됐어.' 진수는 속으로 뇌까리면서 되씹었다.
'그럼 됐어. 힘들 것 없어.'

어느새 먹구름이 잔뜩 끼어 있었다. 어두워졌다. 내다보이는 좁은 들판으로 소나기가 몰려오고 있었다. 먼지 없는 바람이 일었다. 먹구름 틈 사이로 삐져서 내리붓는 흰 햇살이 빛기둥이 되어 동편 산 틈바구니로 곤두서 있었다. 그곳만 무지개 빛으로 환했다. 그 아롱아롱한 빛 무더기가 간접으로 엇비치어 판문점 둘레는 마치 새벽녘 같아졌다. 그것이 무척 신선하면서도 이역의 분위기를 돋우었다. 사람들은 어느 틈 사이로 빛줄이 새어 들어오는 어두운 움 속에라도 들어 있는 것 같은 무르익음에 잠겨 있었다. 제각기 무엇인가에 취해 있는 느낌이었다. 환한 날빛 밑에서는 웅성대는 소리가 밝은 기운을 띠었으나 하늘이 꽉 막히자 그 소리들은 한데 엉겨 안으로만 덩어리가 되어 달려들었다. 드디어는 그것이 홍건하게 익어 독을 뿜었다.

—비가 오려나 보다, 비가.

누구인가 이렇게 혼잣소리로 지껄였다. 북쪽 사람인지 남쪽 사람인지 알 수가 없었다. 그러나 사람들은 그런 소리쯤 그냥 흘려버리고 말았다.

—오우, 원더풀.

어느 구석에서 이런 소리가 또 들렸다.

동편 쪽에 세로 섰던 빛기둥도 어느새 사라지고 더욱 어두워졌다. 비로소 사람들은 조용조용히 하늘을 올려다보고 혹은 들판을 내다보았다. 그러면서 갑자기 수선대었다.

드디어 빗방울이 들더니 금방 연이어서 장대 같은 소나기가 쏟아지기 시작했다.

함석지붕이 와당와당 와라랑 하자 울부짖던 스피커 소리가 멀어졌다. 대뜸 땅 위엔 보얀 빗물 안개가 서리고 하늘과 땅이 그대로 굵은 물줄기로 이어졌다. 순간 회담 장소 안에 앉은 사람들도 일제히 밖을 내다보며 눈이 휘둥그레졌다. 굉장한 소나기군, 모두 이렇게라도 생각하는가 보았다. 그 놀랍게도 일률적인 표정이 기묘한 역설을 느끼게 했다. 늘어선 경비병들이 처마 밑으로 피해 서고, 둘레에 서 있던 사람들도 하나둘 이리저리 엇갈리며 괴이한 소리를 내지르면서 막사로 뛰기 시작하였다. 그 필사적인 분위기가 전염이 되어 모두가 와르르 헤쳐지는 속에 진수도 덥석 그녀의 손을 잡았다. 그녀는 화닥닥 놀라 손을 잡힌 채 같이 뛰었다. 앞에 지프차가 가로 서 있었다. 진수는 그 문을 열고 먼저 그녀를 올려 앉혔다. 그녀도 같이 뛰는 사람이 누구인지도 딱히 모르고 덮어놓고 올라탔다. 진수는 지프차에 올라타자 문을 닫고 문고리를 잠갔다. 순간 그녀는 문을 열고 와락 나가려고 하였으나, 진수가 그녀의 손을 다시 잡았다. 그녀는 얼굴이 무섭게 일그러지며 사무친 애걸조로 진수를 바라보았다.

—안심해, 그편 차니까.

진수가 말했다.

그녀는 무슨 암시라도 받은 것처럼 일순 활짝 피어나듯이 웃었다. 그러나 사실은 진수도 아직 어느 쪽 차인지 알지 못했다.

—이봐.

진수가 불렀다.

—…….

그녀는 조마조마해 했고, 쌔근쌔근 숨을 몰아쉬며 말했다.

—이북 가시죠? 네? 이북 가시죠?

—이봐, 금니 어디서 했어?

—네? …….

그녀는 한 손으로 입을 가렸다.

—금니 어디서 했어?

눈을 부릅뜨며 진수가 다시 물었다.

—평양에서요.

—입 벌려봐.

—가족이 몇이야?

—일곱요.

—누가 벌어먹여?

그녀는 비로소 키들거리듯이 웃었다.

—그렇게 물으문 곤란해요. 우리에게선 벌어먹구 자시구가 없어요.

—참 그렇겠군.

그녀가 비에 젖은 머리를 쥐어짰다. 살구알 냄새가 났다.

—살구알 냄새가 난다.

—네?

그녀가 짜던 손을 잠시 멈추었다.

—살구알 냄새가 나, 네 머리에서.

—이북 가시죠? 네?

거친 숨소리로 또 물었다.

—데리구 가 봐.

그녀는 조바심스럽게 바깥을 살폈다.

그러나 여전히 줄기차게 퍼붓는 빗속에 밖은 칠흑의 어둠 같은 무색의 공간으로 차 있을 뿐이었다.

—데리고 가 봐.

진수가 또 말했다.

—답답하군요. 답답해요. 어떡해야 좋을지 모르겠군요. 이런 경우엔 순서가……. 아이, 빈 왜 이리 쏟아질까. 보세요. 용기를 내세요, 네? 용기를 내요.

—이봐.

—…….

—이봐.

—아이, 이러지 말아요. 이러문 못 써요.

—남자 여자가 이렇게 아무도 없이 단둘이 마주 앉아 있으면 어떤지 알지? 그런 그리움을 그리워해 보았나?

—아이, 이러문 못써요.

그녀는 와들와들 떨며, 떨리는 두 손을 들어 얼굴을 가렸다. 손가락 사이로 겁에 질린 두 눈이 뚫려 있었다.

—이것 보세요.

그녀가 마지막 안간힘을 쓰듯이 불렀다.

—왜?

—저는 지금 할 일이 있어요. 해야 할 일이 있다구요. 도와주세요. 네? 이건 분명히 우리 차지요. 그렇죠? 작정하세요. 어떻게 하실래요? 난 설득을 해야 해요. 어떻게 하실래요?

—그래, 설득시켜봐라. 어서 설득시켜봐.

—우선 본인이 결정하세요. 그게 선차예요.

—지금 넌 놓여난 기분을 느끼지 않나? 너나 나나 마찬가지야. 놓여난 기분을 느껴야 돼.

—그런 얘기를 할 때가 아니야요, 지금은.

—이런 것이 우리 경우에서의 자유라는 거다, 겨우 이런 것이. 무엇인가, 고삐를 풀어 팽개친 연후에 겨우 남는 것이 이런 거야. 그렇게 느끼지 않나? 이런 말은 여전히 썩은 소리라고만 생각하나?

—이건 썩은 냄새야요. 분명히 썩은 냄새야요. 이런 건 끝까지 경계해야 해요. 전 그래야 해요.

그녀는 물에 나온 물고기처럼 발작이나 하듯이 울기 시작했다.

형님 방으로 들어섰다. 형님은 더블베드에 벌렁 누웠다가

천천히 일어났다. 불빛이 환하다.

형수는 잠든 조카를 안은 채 필요 이상으로 표정을 과장하면서 웃었는데, 어디가 어떻다고 쏘옥 집어낼 수는 없이 또 불결한 냄새가 났다.

—어때? 재미있었니?

하고 형님이 물었다.

—끔찍스럽지 않았어요? 하긴 마찬가지 조선 사람이긴 했겠지만.

형수도 이렇게 곁다리 끼듯이 말했다. 진수는 멋쩍게 조금 웃었다.

—괜찮더군요. 구경할 만하더군요.

—사람들은 어떻든?

형님이 또 물었다.

—뭐 그저…….

대답하기가 힘들어 우물쭈물 넘겼다.

형님은 조금 비양거리는 듯한 웃음을 입가에 흘리었다. 하긴 아랫사람 앞에서 저런 종류의 조금 얕보는 듯한 웃음을 웃는 것은 권위의 담을 쌓는 데 도움이 되기는 할 거라고 진수는 생각하는데, 어느새 형님은 딴청을 부리며 형수에게 물었다.

—와이셔츠 다려 왔나?

—네, 10분이나 기다렸나봐요. 세탁소가 어찌나 붐비는지. 기집애(식모아이를 가리키는 말), 안 됐으면 좀 있다가 갈 것이지 잔뜩 눌어붙어 앉아서. 덕분에 찾아오긴 했지만.

하고 형수는 진수를 건너다보면서 약간 이죽대었다.

—낼 전무가 미국 가. 비행장까지 나가봐 줘야지. 당신은 어떡할라우? 나가보는 것이 좋겠는데.

형님이 또 말하였다. 형수는 얼굴빛이 대뜸 상기되면서 치맛바람을 일으키는 표정이 되었다.

—얼마 동안이나 가 있을라는지, 그 언니 또 속깨나 타겠군. 혼자선 못 견뎌 하는걸. 그 언니 참 요새 다이아 반지를 스리맞았답디다. 원 반지두 스리를 당하나. 그 언닌 원체 정신이 산만해서. 헌데 참 몇 시에 떠나우? 언니두 며칠 못 만났는데 마침 잘됐수.

그러나 형님은 다시 딴청을 피우며 가볍게 하품을 하곤,

—종혁이는 자나?

뻔히 눈앞에 자고 있는 것을 보면서도 이렇게 물었다. 형수는 무엇이 그다지도 즐겁고 흐뭇한지 싱글벙글했다.

—네, 벌써 두어 시간 잤는데, 그냥 자는군요. 아까 낮에 기집애가 업구 나가더니 서너 시간 밖에서 잘 놀았어요. 노곤해졌나부지.

—날씨가 이젠 차지는데 조심해요. 감기나 들지 않게.

—네.

형수는 공손하게 받았다.

다시 형님은 진수 쪽으로 돌아앉으며 은근하게 물었다.

—그래, 그 판문점이라나 하는 덴 어떻든?

'굉장히 두텁군, 낯가죽이.'

진수는 이렇게 생각하며,

—네, 그저 뭐.

하고 또 우물쭈물하였다.

일순 형수도 비로소 이 집 맏며느리답게 여유있는 웃음을 웃으며 진수를 쳐다보았다.

—무섭지 않습디까? 우린, 생각만 해두 을씨년스럽기만 허지 원.

—…….

진수는 할 말이 없어 대꾸를 않는데, 형수가 갑자기 문을 열며,

—얘얘, 순아.

하고 은근 자중한 목소리로 부엌 쪽에다 대고 불렀다. 대답하는 기척이 없었으나 형수는 그냥 나직하게 말했다.

—상 채려 들여라아. 찌개 냄비는 대강 끓으면 내놓구, 할머니 상부터 어서 채려라.

부엌에서 그냥저냥 대답이 없자, 형수는 발끈했다.

—얘얘, 순아, 기집애가 귀가 처먹었나.

비로소 부엌에서 가느다란 목소리로 대답이 새어 나왔다.

—어서 상 채려. 할머님 상부터 채리구, 동태 냄빈 내놓구.

시원시원히 소리를 지르고는 형님을 다시 흘끗 쳐다보며 사뭇 상냥스러운 낯색이 되었다.

—동태찌개 끓였어요. 어머님이 어찌나 좋아하시는지…….

그러나 형님은 가타부타 대답이 없이 다시 진수를 보며 딴소리를 꺼냈다.

—진국이가 돈을 좀 부쳐 달란다지?

—네에.

—얼마나 부치면 좋을까?

또 이렇게 혼잣소리 반, 진수에게 반, 뜨아하게 물었다.

—글쎄요.

마침 어머님이 들어오셨다. 그러자 형님은 덮어놓고 골치가 아픈 낯색부터 하였다.

형수는 자는 애의 머리를 조심스럽게 쓰다듬으며 앉음새를 바로 하는 시늉을 했다.

—앤 자니?

하고 어머니가 물었다.

—네에.

형수가 금새 꺼져 들어가는 목소리로 대답했다. 어머니는 흘낏흘낏 형님을 건너다보며 잠시 방안의 분위기를 살피다가, 한참 만에야 진수 쪽으로 머리를 돌렸다.

—어딘가 갔다 온다더니 무사했니?

—네.

—그럼 무사하지, 무슨 일이 있겠어요. 어머니는 괜히 걱정이셔.

하고 형님이 괜스레 퉁명스럽게 말했다.

어머니는 조금 무안을 당하는 낯색으로 잠시 말이 없다가 진수에게 조심조심 또 물었다.

—또 쌈이나 안 나겠더냐? 난리 말이다, 난리.

—네.

형님이 오만상을 찡그리며,

—에이 참, 쓸데없는 챙견을 하셔, 어머님은.

하고 신경질적으로 말하고는 홱 밖으로 나갔다. 어머니의 눈이 쓸쓸하게 형님의 그 뒷모습을 치어다보았다.

—괜히들 그러는구나. 무슨 말을 원, 얼씬도 못하겠구나. 쯧쯧쯧.

형수는 얼굴이 홍당무가 되어 난감하고도 미안한 표정을 하며 더욱 머리를 수그리고 자는 애 머리를 쓰다듬었다.

열한 시가 지나서야 진수는 자리에 누웠다. 종일 버스 속에서 시달린 데다가 바싹 긴장을 했던 탓인가, 온몸이 노곤하였으나 정작 쉬이 잠은 오지 않았다.

폭이 넓은 푸른 강물이 급하게 흘러가고 푸른 옷을 입은 그녀가 노래를 부르면서 그 물에 떠내려가고 있었다. 강둑에 선 그를 올려다보자 안타까운 표정으로 물 속에서 손을 빼내어 흔들었다. 소곤대는 목소리로 급하게 조잘대었다.

들키지는 않았어요. 당신은 오른편으로 나가고 난 왼편으로 나가기를 잘했어요. 나는 정말 와들와들 떨었지요. 그러나 그것이 바로 우리 현실이야요. 너무 통달한 체하지 마세요. 비가 지나가자 눈부시게 활짝 개었잖아요. 가을 햇빛이 정말 눈부시더군요. 빗물이 수증기가 되어 소리를 지르면서 올라가고, 그러나 하늘은 흠뻑 그것을 빨아들여 구름 한 점 없이 맑았었잖아요. 언제쯤 우리에게도 그렇게 사악 구름이 가실 때가 오려는지요. 당신은 지프차에서 나와선 시큰둥하게 우울한 낯색이시더군요. 막사에선 동료들이 한참을 찾았대나봐요. 그 소린 날 뭉클하게 했어요. 난 거짓말을 했죠. 그냥 서 있던 자리에 있었다구. 괜찮더라구. 그러자 그 땅딸막한 사람은 이렇게 말했어요. 김 동무는 역시 단단하거든 하고. 어쨌든 감사해요. 물큰물큰한 그 이역의 짙은 냄새에 잠시나마 홍건히 취할 수 있었어요. 난 원래 초행길이 아니야요. 단골이지요. 이를테면 당신 말대로, 졸음이 오는 듯한 그 남쪽 분위기, 기지개를 켜는 듯한 감미한 맛, 적당하게만 퇴폐적인 것이 풍기는 그 완숙한 냄새, 조금쯤 무리를 해도 용서가 될 듯싶은 펑퍼짐한 언덕 같은 관용, 조금쯤 쓸쓸하고 괴괴한 분위기가, 때에 따라서는 애교에 넘친 적당한 허풍, 당신들이 자유라고 일컫는 그 권태가 섞인 분위기는 확실히 짙은 냄새로 휩싸아요. 반드시 악착같이 정연한 논리로 쓸모 있게 사느니보다, 여유있게 자기를 누리는 맛, 누리는 것은 거드럭거리는 거지요. 곧 진력이 나고 권태가 오고, 그렇지만 사는 맛치고는 최고급일 거야요. 약간은 그렇게 살 만도 할 것 같긴 해요. 돋아 오르는 아침만 맛이 아니라 해가 기우는 저녁녘도 맛은 맛일 테지요. 야심에 찬 어린 치기稚氣도 치기지만, 길가의 늙수그레한 노인이 누리는 적당한 무위와 적당한 권태도 맛은 맛일 테지요. 그러나 그런 분위기도, 전 이미 익숙해 버리고 쉬이 졸업해 버리고 말았어요. 다만 판문점으로 오는 날은 기분이 좋아요. 무작정 냄새가 좋아요. 하지만 자기의 분수, 스스로 지녀야 할 태세를 추호도 잃지는 않아요. 남쪽에서 오신 풋내기 손님도 대뜸 알아볼 줄 알아요. 무척 순진하시네요, 제가 안내해 드릴게요, 이런 표정을 지을 줄도 알아요. 이러다가 혼살이 나게 걸렸었지요. 당신은 무서운 구석이 있어요. 물론 신사적이었고 피차 연민으로 헤어지긴 했지만, 날 흔들어 놓으려구 해요. 어느 깊숙한 독毒의 도가니로 떨어뜨리려고 해요. 그런 건 못써요. 밝고 긍정적인 색채만 중요해요. 비록 지나치게 상식적이고 조악하다고 하더라도 차츰 성숙되게 마련이야요. 지금 중요한 건 거칠게 터전을 닦는 일이야요. 안녕, 빠이빠이. 불쌍해요. 당신이 불쌍해요. 착잡한 혼탁 속에서 주리를 틀고 계시지요. 그 범상한 속물적인 일상에 진력이 나셨지요? 지금 당신의 형님 방에선 바야흐로 사랑이 들끓고 있어요. 그런 것은 확실히 멋있을 거야요. 어디서나 멋있을 거야요. 이런 그리움을 그리워해 보았느냐고 물으셨죠. 우스워라. 사람들은 부끄러워서 그런 이야길 마음대로 못해요. 그런 점은 어느 세상에서나 마찬가지지요. 너무 솔직해지는 것도 병이야요. 당신은 분명 그런 병이 있어요. 와작와작 자신을 깨물어 먹고 싶어하는 병이. 당신이 불쌍해요. 빠이빠이. 우리, 어디서나 만나질까요. 어느 언덕에서나 만나질까요. 당신이 선 언덕에 해가 지고 있어요. 산그늘이 내려와요. 어머나아, 당신도 잠기시는군요.

안타까워라. 어둡기 전에 어서 돌아가세요. 문을 잠그고 그 쓸데없는 생각에 잠기세요. 기도를 드리세요. 유구한 생각에 잠기세요. 쓸모 없는 당신의 그 사변에 마음껏 황홀하세요. 빠이빠이, 안녕. 내 이 혼자 감당해야 하는 비밀은 약간은 무게를 지녔어요. 이런 것 좋을까요? 그러나 안심하세요, 불원간 부숴낼 거야요. 안녕, 빠이빠이. 그녀는 쨍한 햇볕 밑을 급하게 흘러 내려갔다…….

2백 년쯤 뒤 판문점이란 고어로 '板門店'이 될 것이다(비몽사몽간에 진수의 생각은 또 비약했다). 그때 백과사전에는 이렇게 쓰일 것이다. 1953년에 생겼다가 19××년에 없어졌다. 지금의 개성시의 남단 문화회관이 바로 그 자리다. 원래 점店, 혹은 점포라는 말은 '상점'이라든가 '가게'라는 말과 동의어로 쓰였다. 이 어휘의 시초는 역사의 단계에 있어 초기 수공업 시대에까지 소급되어야 한다. 이미 고전경제학에 속하는 문제지만 자유 기업이 성행하면서 이른바 소상인이 대두됨과 더불어 인류 역사의 각광을 받은 어휘이다. 그러나 이 판문점의 경우는 그런 전통적인 뜻의 점포가 아니라 희한한 점포였다. 이 점포의 특수한 성격을 밝히자면 당시의 세계정세, 그 당시 세계의 하늘을 뒤덮었던 냉전 기류를 비롯하여 그 밖에도 6·25라는 동족상잔을 설명해야 하고, 그것은 적지 않게 거창하고도 구구한 일이기 때문에 여기서는 일단 생략하기로 한다. 일언이 폐지하여, 회담 장소였다. 휴전 회담이라는 것을 비롯해서 군사정전 회담이라는 것이 무려 5백여 회에 걸쳐 있었었다. '휴전 회담'이라든가 '군사정전 회담'이라는 말도 긴 설명이 필요한데, 여기서는 역시 생략하기로 한다. 그 회담 기록이 적힌 거창한 문건이 지금 인류 역사의 기념비적인 익살로서 개성 박물관에 안치되어 있는 것은 이미 다 아는 사실이다.

얼마 전, 아프리카공화국에서 온 한 역사학자가 이 문건들을 전부 통독해 낸 사실을 아는 사람은 알 것이다. 이것을 전부 통독해 낸 것도 처음 있는 일이라 그에게 문화공로훈장을 수여한 바 있지만, 그때에도 일부에서는 여론이 분분했다시피 약간 쓸개빠진 짓이라는 느낌이었다. 그러나 흑인종의 그 가상할 만한 끈질긴 정력과 참을성에는 누구나 감탄해마지 않았다. 이것을 통독해 낸 그 흑인 박사의 결론은 이렇다. "이것은 걸작이다! 두말할 것 없이 하여튼 걸작이다." 일부에서는 이 결론이 야유 겸 스스로의 도로에 그친 노고에 대한 자위였을 거라고도 하고 있지만, 인간의 성실성이라는 것이, 이렇게도 어이없는 데 소모될 수도 있다는 것에 대한 경탄일 것이라고 긍정적으로 해석하는 사람도 있는 것 같았다. 단도직입적으로 얘기하자. 판문점은 분명 '板門店'이었고, 이 나라 북위 38도선상 근처에 있었던 해괴망측한 잡물이었다. 일테면 사람으로 치면 가슴패기에 난 부스럼 같은 거였다. 부스럼은 부스럼인데 별로 아프지 않은 부스럼이다. 아프지 않은 원인은 부스럼을 지닌 사람이 좀 덜됐다, 불감증이다, 어수룩하다는 데에 있다. 한데 그 부스럼은 그 사람으로서도 딱하게 알기는 아는 모양인데 어쩐단 도리가 없다. 그 부스럼을 지닌 사람은 그 부스럼을 모든 사람과 더불어 공동 책임을 지고 싶어하고, 그 당대를 살펴보면 사실 그럴만한 객관적인 내력도 어느 정도 있긴 있었다. 그러나 그 공동 책임이 도시 불가능했다. 그리하여 그 당자는 덜됐다고 해도 할 수 없고, 불감증이라고 해도 할 수 없고, 어수룩하다고 들어도 할 수 없게 되었다. 그냥 내버려두기로 했다. 그럭저럭 세월이 지나는 동안 정작 당사자도 부스럼 여부는 까마득히 잊어버리고 멀쩡한 정상인의 행세를 시작했다. 어떻소, 이 부스럼, 신기하죠, 이쯤 내휘두르기도 했다. 제법 좀 사려있답신 사람들이 구경을 오고 손가락질을 하면서 딱하게 여기는 얼굴을 하기도 하고 진단을 내리고 처방전을 만들어 책임의 소재를 규명하기도 했으나, 당자는 그저 웃어넘기거나 전혀 아랑곳하지도 않았다. 결국 사려있답신 사람들도 그 선의의 사려를 팽개치곤 하였다. 왜냐하면 역시 자기 분수는 누구보다도 그 자신이 잘 알고 있다는 지극히 평범한 진실을 되씹게 마련이었다. 그리하여 그 부스럼은 날이 갈수록 더욱더 그 절체절명의 중량을 지니게 되어, 심지어 관광 유람지 구실까지 하였다. 판문점이란 이러한 세계 유일의 점포로서 문자 그대로 남 · 북으로 난 두 개의 문이 판자문으로 되어 있어, 그 문을 열고 닫을 때마다 쾅 닫아도 한참을 흔들흔들했다. 천장이 낮은 길쭉한 단층집으로 휑하게 큼직한, 흡사 2세기 전 초등학교 교실 같은 마루방인데, 신을 신은 채 드나들어도 괜찮게 되어 있었다. 문은 북문하고 남문이 있었다. 이를테면 그 문이 판자문이라는 말이다. 그런데 그 문을 두고 제법 근엄한(적당히 우울한 표정쯤하고 맺은) 묵계가 있었다. 남문 사용자는 남문만 사용할 것, 북문 사용자는 북문만 사용할 것. 그리고 그 방 한가운데엔 가로줄이 쳐 있었고 그 줄을 사이에 두고 마주 무쇠 테이블이 놓여 있다. 각각 세 개씩 여섯 개의 테이블이었다.

그 테이블 뒤로 무쇠 의자와 작은 테이블과 또 다른 의자들과 마이크와 스피커가 우글우글 놓여 있다. 한 달에 한 두세 번 그 판자문이 사용된다. 10시 가까이 되면 남쪽과 북쪽에서 각각 자동차와 버스가 굴러 온다. 살기가 등등해서들 서성댄다. 북문과 남문이 쿵쾅쿵쾅 열리면서 남문 사용자들과 북문 사용자들이 용건을 떠메고 우르르 들어선다. 후덕후덕들 자리를 차지해서 앉는다. 연필과 백지를 꺼내고 더러 저희끼리 귓속말을 주고받는다. 드디어 남문 사용자들의 거두가 들어선다. 훤칠하게 키가 큰 미국 사람이다. 남문으로 들어선 사람들이 일제히 일어서서 예를 표한다. 쇠붙이 의자가 마루에 부딪는 소리가 시끄럽다. 이어 북문 사용자의 거두가 들어선다. 역시 북문으로 들어온 사람들이 일제히 일어서서 예를 표한다. 드디어 양편이 다 자리가 잡히고 잠시 그럴듯한 침묵이 흐른다. 이렇게 되면 그 테이블 한가운데로 가로지른 흰 줄이 제법 경계선다운 육중함을 지니고 부각된다. 객관적인 당위성이 느껴지는 것이다. 이렇게 하여 소위 회담이 시작된다. 한국말과 미국말과 중국말이 교차된다.

판문점 근처에 이렇다 할 집이라고는 없고, 부속 건물들만이 몇 채 띄엄띄엄 서 있었다. 판문점 앞은 들판이었고 뒤는 펑퍼짐한 언덕이었다. 지금의 개성시 통문로 거리가 앞에 해당되고, 문화회관 별관이 뒤편에 해당된다. 이 얼마나 어이없는 일이었고 민족의 에너지를 쓸데없이 좀먹는 일이었던가. 통탄, 통탄이다. 우리의 조상들이 그때 그 시절에 그 짓을 하고 있었다는 걸 상상해보라. 더구나 외국 사람까지 주역으로 끌어들여서 말이다. 근엄하게 우울한 표정으로 그 문을 드나들었다는 것을 상상해보라. 그것이 그때에는 상식으로 통했을는지 모르지만, 이런 놈의 상식이 어찌 통할 수가 있었더란 말인가. 바로 한가운데 가로지른 선이 지금 문화회관의 변소에 해당된다는 것이다. 고증학자 설교수의 설에 의하면 변소 속의 변기가 바로 경계였다니 익살이 아닐 수 없다. 앞으로 문화회관에서 일을 보시는 분들은 쭈그리고 앉아 심심하거든 이 점을 한번 음미해 보시도록. 최근 설 교수의 그 설을 둘러싸고 분분한 논쟁이 있었던 사실을 아는 사람은 알 것이다. 그 선은 변소의 변기가 아니라 지금의 변소 문에 해당된다는 이설이 있었던 것이다. 이것은 참 유쾌한 논전이어서 우리들의 관심을 집중시킨 바 있었는데, 이 논전에서 우리는 우리 시대의 가상할 만한 큰 특징을 발견할 수 있었던 것이다. 2세기 전에는 이러한 종류의 논쟁이란 쓸개 빠진 어처구니없는 회화에 속했을 것이라는 사실이다. 인간 생활의 기본적인 여건이 해결되지 않았던 조건하에서의 정신 상태의 양상을 이해하는 데 이것은 퍽 많은 것을 시사해준다. 최근에 와서 문제가 되는 것은 여가의 이용과 자극의 발견, 경이의 창안이다. 최근에 와서 우리들의 취미가 굉장히 미세해지고 세분화된 사실을 새삼 상기해야 할 것이다.

다시 해가 뜨고 지고, 뜨고 지고, 서울은 이리저리 뒤채면서 들끓었다. 바야흐로 장면張勉 정부는 정국 안정의 사명을 짊어지고서 가파른 언덕을 기어오르고 있었다. 신민당의 분열이 신문지상에 클로즈업되고, 개각을 둘러싼 여론이 분분했다. 정부는 온 신경을 국회의 의원 분포에 소모했다. 정치자금의 염출로 민주당과 신민당의 실업계를 위요한 이면공작이 불을 뿜었다. 이 틈서리로 혁신계가 머리를 내밀었으나 그것도 벌써 이리저리 갈라졌다 붙었다 요동질을 할 뿐이었다.

진수는 취직 건 때문에 아침 일찍부터 돌아다녔다. 사흘쯤 희소식이다가도 닷새쯤 무소식이고, 이런 연속이었다. 이 다방 저 다방 들러 커피를 사고 혹은 얻어 마시고 매일 대여섯 잔씩이나 마셨다. 그 사이 어머니가 급하게 돌아가셔서 사나흘쯤 북새를 치렀다. 조카아이의 네 번째 생일날에는 집에서 조촐한 파티가 있었다. 짝짝끼리 춤을 추기 전에 마루에 밀가루를 뿌리고 전축을 틀었다. 형수는 그 조금 큰 체대에 펑퍼짐한 한복 차림으로 형님의 어깨를 잡고 돌아갔고, 형님도 형님대로 어깨가 꾸부정해서 두 사람 다 삐딱한 모습으로 스텝을 밟았다. 미국으로 갔던 전무와 형수의 그 에스 언니도 초대되었다. 그들도 둘이 얼싸안고 춤을 추었다. 진수는 한구석에서 웬일인지 부끄럽고 쑥스럽고

자꾸 두 볼이 근질근질했다. 한순간 문득 전등이 꺼졌다. 동시에 전축도 멎었다. 마루에 치마 끌리는 소리와 잠시 수런거리는 소리가 일더니 소파에들 앉았다. 식모아이가 급히 초를 켜 여기저기에 세워 놓았다. 담소가 시작되었다.

—참 야단이야, 전기 사정이 이래 놓으니!

누구인가가 이렇게 투덜거렸다. 형수는 주인으로서 제 책임이기나 한 것처럼 미안해 하였다. 부엌 쪽을 향해 한껏 우아한 목소리로,

—애야 순아야. 초 몇 자루 더 켜 오나아.

했다.

—하긴 전등불보다도 초를 켜는 것도 멋이야요. 분위기가 더 좋아요. 안온하구 쉬이 분위기가 익어요.

처녀인지 부인인지 분간이 안 가게 양장을 한 여인이 말하였다.

—하긴 옛적 서양 귀족들은 초를 배치하는 것도 격조에 속했답디다. 그 집의 품격을 알려면 초의 배치 여하를 본다더군요. 사모님께서도 한번 솜씨를 보이시지.

하고 그 옆에 앉았던 혈색 좋은 사내가 말했다.

—제가 원체 격조가 있어야죠. 막 굴러먹었는걸.

형수가 이렇게 받고는 무엇이 우스운지 이상한 목소리를 내며 짧게 웃었다. 다른 사람이 전혀 받아 웃지 않는 것을 알자, 약간 무안해 하며 필요 이상으로 침착한 표정이다가,

—참, 김 전무님, 미국 가셨던 얘기나 하시지요.

하고 조심조심 말했다.

—…….

그 전무께선 덩치에 어울리지 않게 수줍은 표정을 하였다. 순간 전무의 부인이 입을 실쭉하고는 이편을 얕잡아보듯이 말했다.

—통 얘기를 안 해요. 처음 갔을 때나 신기하지, 이젠 하도 가봐서 그저 그런가 봅디다.

—그렇겠죠.

하고 형수가 받았다. 비로소 당사자인 그 전무가 말했다.

—더더구나 이번엔 일이 좀 바빴어요. 서구라파 쪽으로나 갔으면 억지로라도 틈을 내어 재미를 보았겠지만, 미국은 이젠 하도 다녀와서 뭐 그저 심드렁하더군요. 하와이에서 며칠 더 묵을까 했는데, 정작 이틀쯤 있으니까 또 조바심

이 납디다. 역시 집이 제일 좋아요.

—언니를 너무 사랑하시니까 그렇죠.

좀 전의 양장한 여인이 받았다.

—아끼긴요. 기념품 하나두 안 사왔습디다.

전무의 부인은 또 실쭉해지면서 받았다.

—그야 믿는 사이니까 그렇지.

전무가 말하자,

—믿는 나무에 곰팡이 핀답니다, 흥.

하고 대번에 부인이 코웃음을 쳤다.

'저 작자 꿈쩍 못하는군. 영 형편없군.'

진수는 한구석에서 이렇게 생각했다.

사실 그 전무 부인의 어딘가 횡포에 가까운 신경질적인 몸짓과 말투는 자리의 분위기를 싸늘한 것으로, 힘든 것으로 만들고 있다. 그녀의 남편은 물론이려니와 모두가 그녀의 눈치를 조심스럽게 살피곤 했다. 10시가 넘어 전깃불이 들어오자, 촛불 밑에선 어지간히 익어 보이던 분위기였으나 다시 생소해졌나.

—여보, 이젠 갑시다.

—그래, 슬슬 돌아가볼까.

전무라는 자가 이렇게 뭣인가 카무플라주하듯 어름어름 받았다.

모두 후덕후덕 일어나서 귀가 인사를 했다.

눈이 왔다.

눈에 묻힌 판문점은 장난감처럼 동그마하고 납작해 보였다. 휑한 언덕에 선명히 돋보였다.

진수는 그날도 광명통신 기자 이름을 빌려서 갔다. 다시 그녀를 만나자 말했다.

—눈이 왔어요.

—네.

그녀는 어느 구석 여운이 담긴 웃음을 웃으며 한순 얼굴을 붉혔다.

—처음 만난 거나 마찬가지군요. 다시 힘들어졌군요.

진수가 말했다.

—…….

그녀는 말없이 고개만 끄덕였다.

—그렇게 인정 같은 것에만 매달리지 마세요. 당신 주변에 있는 사람들이 헐벗고 있는 것을 생각하세요.

그녀는 또 그 투의 약간 준엄한 표정이 되며 말했다. 진수는 씽긋이 웃으며 말했다.

—천만에, 내 주변은 풍부해요. 도리어 너무 풍부하고 무거워서 탈이지요. 덕지덕지한 것이 참 많이 들끓고 있어요. 몇 겹으로 더께가 앉아있지요. 도리어 헐벗은 것은 당신이지요. 당신은 새빨간 몸뚱이만 남았어요. 모두 털어 버리고 너무너무 알맹이 알몸뚱이만 남아 있어요.

그녀는 피이 하듯이 웃고 말했다.

—아주 벽창호군요.

저편엔 외국인 부부 기자가 여전히 가지런히 붙어 서 있었다. 남편은 역시 고불통을 물었으나 들이빠는 기척이 없고, 아내는 남편을 따뜻하게 정이 담긴 눈길로 건너다보고 있었다. 어느 안방에 단둘이 마주 앉아 있거나 한 것처럼.

안경잡이와 그 '누님'께서는 오늘은 다소곳하게 머리를 맞대고 정말 오랜만에 만난 오랍누이이기나 한 것처럼 수군대고 있었다. 스피커 소리가 왕왕 울렸다. 그녀는 남쪽 사람과 북쪽 사람이 여기서 만날 때 으레 짓는 그 경계와 방어 태세가 껴묻은 표정으로 피해서 갔다. 그 뒷모습을 건너다 보면서 진수는 생각했다.

'기집애, 조만하면 쓸 만한데, 쓸 만해.'

혼자 쓸쓸하게 웃었다.

(1961, 사상계 3월호 첫 게재)

산문 스페인에서 겪은 일, 보고

독후감 당선작 분단국의 빛과 그림자

해설 「판문점」을 넘어서

<산문>

스페인에서 겪은 일, 보고

지난 10월 7일부터 15일까지 스페인의 바르셀로나를 다녀왔다.

실은 작년 이 무렵에도, 10월 2일부터 16일까지 2주일 정도 스페인의 마드리드, 바르셀로나, 말라가, 살라망까를 본인의 연작소설 『남녘사람 북녘사람』의 스페인어판 낭독회 일로 다녀왔었는데, 그때 바르셀로나에서는 그 도시에서 그 일을 주관했던 기관과 그 소설의 <독후감> 모집 건件을 두고 사전 협의를 했던 것이었다.

바로 그렇게 응모해 들어온 <독후감> 30여 편을 현지에서 심사, 그 결과를 발표, 시상施賞까지 하게 되어, 원작자 자격으로 다시 가게 되었던 것이 그로부터 1년이 지난 1주일 남짓의 이번 스페인 여행의 주목적이었던 것이다.

원작자로서도 조금 의아해하며 내심 놀랐던 것은, 그 심사라는 것도 당연히 현지의 교수들에게 미리 의뢰했었을 것이어서, 미리 뽑아 놓고 시상식에서의 상장과 소정所定의 상금 수여만 원작자인 내가 맡아낼 몫이 되려니 하고 여겼었는데 현지에 닿아 듣고 보니 그게 아니었다.

바로 그 현장에서 죄다 본인들이 낭독을 하고, 그 낭독한 내용을 듣고 나서 세 분의 교수님께서 30분 정도 토론 끝에 대여섯 편 정도 뽑아, 그렇게 장원, 최우수, 우수 3편과 장려상 3편까지 서열을 가린다는 것인가 보았다.

그러니, 시간은 얼마나 걸릴 것인가. 물론 30여 편 가운데서 10여 편은 미리 예선 과정에서 탈락시켜 제외되었다지만, 20편 정도를 그걸 쓴 본인들이 죄다 낭독만 하려 들어도 두어 시간은 충분히 걸리지 않을까. 서울서 비행기로 날아온 원작자 본인으로서야 조금 불안하지 않을 수 없었다.

하지만 총 3백 명 정도로 꽉 찬 현장의 분위기는 그게 아니었다. 스페인 언어를 전혀 모르는 우리 내외는 그저 조금 지겨워하며 앉아 있었지만 듣고 있는 청중들의 반응은 의

외로 뜨거워 보였다. 내 곁에 앉았던 교포 여인 한 분도, 가만히 내 귀에다 대고 속삭였다. “수준들이 아주 높아 보여요” 하며, 어느 하나를 다아 듣고는, “저게 바로 1등, 장원으로 뽑히겠네요” 하였는데, 심사 뒤의 마지막 결과까지도 그대로 맞추었다.

30분 가량의 심사 끝에, 장려상 셋까지 합쳐서 총 여섯 편, 모두가 여성들이 아닌가. 그것도 젊은, 그리고 거의가 현지 대학생들이었다. 특히 3등인 우수상을 탄 아가씨는 상장과 소정의 상금을 받으면서, 원작자인 나에게 초콜릿이 든 조그만 상자 하나까지 내미는 것이 아닌가.

그렇게 시상식을 마치고 나서 함께 서서 사진을 찍으면서도 나는 그나마 요행으로 여겨졌다. 그 초콜릿 상자를 갖고 왔던 소녀도 자기가 꼭 뽑히리라고 기대하지는 않았을 터인데, 이렇게 3등에 뽑혀서 상금 3백 유로까지 탔으니 서울서 와서 시상을 하는 원작자인 나로서야 이나마 요행, 요행이었을 밖에. 기왕에 죄다 밝히면, 1등인 장원이 7백 유로, 2등인 최우수상이 5백 유로, 3등 우수상이 3백 유로, 나머지 세 분의 장려상은 백 유로씩이었다. 행사 뒤의 현지 교포들도 혀를 내두르며 놀라던 것이었다. 작금의 어려운 스페인 형편으로서는 이 정도의 상금은 엄청나다며, 이참에 우리네 국위 선양에도 큰 몫을 했노라고 치하들을 했다.

물론 스페인에서의 이 독후감 글들을 일단 대강 챙겨서 서울까지 갖고는 왔지만, 스페인어 글을 못 읽는 원작자 본인부터가 무척 궁금할 밖에. 당장은 스페인어 전문가인 조혜진씨에게 우리 말 번역을 맡겨, 1등 장원으로 뽑혔던 글만 '문학사상'에 싣고, 그 글과 함께 최우수상과 우수상으로 뽑혔던 2등, 3등까지 3편은, 12월 출간될 본인의 초기 단편소설집 『무궤도 제2장』의 뒤에 실릴 예정임을 밝혀 둔다.

<독후감 당선작>

분단국의 빛과 그림자

크리스티나 마르티네스 로페스

슬픔, 연민, 무력감, 동지 의식, 긍지, 두려움. 이것들은 이호철의 개인적 체험이 나에게 불러일으킨 다양한 감정의 일부이다. 이호철은 청소년기에 가족의 품에서 떨어졌고, 그와 별 관계없는 싸움에 어쩔 수 없이 뛰어들게 되었다. 나는 그 싸움이 한민족 개개인 간의 실제 전쟁이라고 생각지 않는다. 제3자야말로 이 싸움의 실질적인 원인과 결과였다고 생각한다.

이호철이 걸어온 인생의 여러 국면을 읽으면서, 나의 조국 스페인이 프랑코 독재 기간에 당시 한국과 무척 비슷했다는 것을 깨닫게 되었다. 나는 젊기 때문에 그 시대를 직접 경험하지 못했지만 조부모님의 생생한 목소리를 통해 그 시절에 대해, 젊은 이호철이 겪은 것과 같은 곤궁함에 대해 알고 있다. 넘기는 책장마다 나의 가족이 겪은 삶, 지도에도 나오지 않을 정도로 깊숙한 곳에 있는 1930년대 갈리시아 마을들에서의 삶과 너무나 흡사한 이야기가 펼쳐져 있었다. 나의 할머니는 7살이라는 어린 나이에 방에서 당신의 할아버지께서 빨갱이(공화당원)라는 이유로 총살당하는 것을 보아야 했다는 얘기를 누차 들려주셨다. 나의 증조부는, 외고조부가 마을 이웃이자 친구라는 걸 알아보았지만 그에게 밀고당하지 않으려고 그를 조사했다. 많은 마을이 프랑코의 군대를 맞이해야 했고, 그들이 체류하는 동안 음식과 잠자리를 제공해야 했는데 나의 고향 마을도 그래야 했다. 북한군과 남한군이 숱한 마을을 번갈아 점령했을 때 해당 지역 주민들이 양측 군인들에게 했던 것과 마찬가지로 말이다.

북한과 그 주민들이 남한 및 남한 주민들과 분리된 채 살던 시기에 스페인도 공화파와 국민파로 나뉘어 있었다. 이는, 공화파와 국민파가 비록 원치 않았을지언정, 많은 가정이 그랬던 것처럼 서로 분리된 채 반목할 수밖에 없었다는 의미다. 서로 이토록 멀리 떨어져 있는 나라들이 권위주의적 제도와 전쟁 때문에 이토록 비슷할 수 있다니 아이러니해 보인다. 자국의 이익에만 관심 있는 강대국들이 전쟁에 개입했다. 러시아와 중국은 북한에, 미국은 남한에, 독일과 이탈리아는 스페인 국민파에, 소비에트사회주의공화국연방은 스페인 공화파에 간여했다.

전쟁에 대한 이야기는 많다. 초·중등학교, 고등학교, 대학교 역사책에서도 전쟁을 많이 다룬다. 그러나 이러한 역사에는, 전쟁 때문에 고통 받은 사람들 본연의 감정과 경험은 나타나 있지 않다. 이런 작품을 통해 우리는, 한쪽이 악하고 다른 한쪽이 선하다고 단정할 필요 없이 양측을 이해하고 납득할 수 있다. 양측 진영에는 전쟁에 휘말리게 된 보잘것없는 사람들이 있기 때문이다. 그 전쟁에서 부모, 형제, 숙부모, 조부모들은 제 자식, 형제자매, 조카, 손자손녀들이 떠나는 걸 슬퍼하며 탄식하고 자식, 조카, 손자손녀들은 그들대로 가족들과 멀리 떨어지게 되어 운다. 우리 젊은이들은, 군인의 육체에서 그런 모습을 상상하는 게 익숙하지 않다. 불행히도 우리는, 그들 대부분이 학업을 채 마치지도 못하고 갑자기 징병당한 어린아이들, 불확실한 운명 때문에 가장 확실한 건 자기가 죽을 수도 있다는 점을 미처 인식하지도 못하는 어린아이들이라는 것을 깨닫지 못한 채 그들을 성숙한 어른의 껍질 속에 끼워 넣곤 한다.

게다가 교과서는 전쟁의 가장 잔혹한 사건만 다룰 뿐 혹독한 삶이 어떤 것인지 잘 알고, 성숙하고, 영리한 사람들에 대한 일화와 에피소드는 다루지 않는다. 내가 읽은 구절에 따르면, 젊은이들은 전쟁터를 향해 가면서 활기차게 공산주의 찬가를 불렀다. 그들이 보기에 그 찬미가는 순수하고 아무 악의도 없었지만 그 배후에 있는 암시적 의미를 남한 병사들은 눈치챘다. 이런 찬가는 스페인 학교 교실에서도 불렀다. 스페인 사람들은 프랑코 상 앞에서 팔랑헤 당가 <태양을 향해> 같은 노래들을 암송해야만 했고, 독재자에게 우호적인 역사를 공부해야 했으며, 민중에게 정체성을 부여해 주는 상징을 버려야 했다. 내 경우에는 갈리시아 언어가 그러하다. 나의 부모님은 갈리시아 어로 말할 줄 알고 알아들으시지만 글로 쓸 줄은 모르신다. 그 분들이 학생이던 때에는 갈리시아 어 사용이 금지되었기 때문이다. 이런 일은 김일성 치하의 북한에서도 비슷한 방식으로 일어났다.

한국인들의 운명이, 냉전 시대에 서로 대립하며 한국을 노리개처럼 이용한 러시아와 미국 같은 나라들 때문에 유린당하는 과정을 보는 것은 부끄럽고 개탄스럽다. 미국은, 한국이 전략적 상황으로 인해 소비에트의 영향을 받을까봐 우려했고 소비에트 연합도 마찬가지로 한국이 미국의 영향 아래 놓일 것을 우려하며 상황을 한국에게 불리하게 몰아갔다. 이 점은 이호철이 책에서 진술한 것과 일치한다. 이호철은 이상하고 관계가 먼 사람들에 대해 이야기하고 있는 것이 아니라 비록 각자의 이익을 위해 변질되기는 하였으나 그와 같은 나라에 사는 사람들, 같은 언어와 전통을 가진 사람들에 대해 다루고 있는 것이다.

역사학도로서 나는 이런 유형의 이야기에 높은 가치를 둔다. 이러한 이야기는 아주 중요한 원천을 이루지만 불행히도 단순히 구술 역사에 머물 때가 왕왕 있어서 시간이 지나면 소실된다. 글로 쓰여 후세에 전해질 수 있는 운이 항상 있는 건 아니기 때문이다.

개인적으로 이 소설에서 가장 인상 깊었던 장면, 내 머리를 쭈뼛 서게 만든 장면은 적군에게 체포된 북한군들이 다시 북한을 향해 가는 장면이다. 그 북한군들은 가는 길에 수많은 마을을 지나쳤는데 각양각색의 여인들이 군인들 중 자기 아들, 손자, 형제, 조카의 생사를 아는 이가 있을까 싶어 가족의 이름을 절망적으로 소리쳐 부르며 그들에게 다가온 것이다. 그 북한군들은 그 여인들을 떼어 낼 용기도, 그녀들과 말을 할 용기도 없었다. 비록 나는 자녀도 없고 형제자매도 없건만 내가 이 여인들의 입장에 처했다고 상상하니 모성 본능과 형제애가 느껴졌다. 나에게는 무척 드문 일이지만 무척 놀랍고 나 자신을 풍요롭게 한 경험이었다. 가슴 아팠던 장면, 그래서 젊은 이호철을 안아 주고 싶어졌던 또 다른 장면은, 젊은 이호철이 북한 가정의 집에 있을 때 이호철과, 이호철을 체포한 남한 병사가 음식을 제공 받았을 때, 그리고 지원해서 참전한 아들이 어디 있는지 모른다는 설명을 들었을 때였다. 이 때 작가는 더 이상 참지 못하고 별안간 울음을 터뜨리고 만다. 동시에 오래전부터 맛보지 못한 집 밥을 다 먹으려고 한다.

여기에서 그려진 이런 감정들과는 반대로 나를 긴장하게 만든 장면, 비극적이고 불확실한 결말의 가능성 때문에 나를 공포에 떨게 한 장면도 있었다. 바로 이호철이 영화관에 도착한 장면이었다. 그들은 그곳에서 밤을 보낼 것이었다. 그와 다른 사람들이 구내 마당으로 끌려갈 때 나는 최악의 상황을 생각했다. 마치 살아날 것이라는 확신이나 직감이 들었던 것처럼 그런 상황에서도 의연하게 반응하는 이호철을 보니 온갖 상반된 생각들이 물밀 듯이 엄습했다. 그렇다, 그는 살아날 거라고 생각했다. 그러나 그러기 전에 어떻게든 응징당할 공산이 크다는 생각도 했다. 그렇지만 책을 다 읽고 난 후 독자는 그렇지 않으리라는 것을 깨닫는다. 애초부터 그 남녘 사람들은 그를 죽일 생각이 없었기 때문이다. 북녘 사람들은, 전쟁이 발발하기 전 머릿속에 주입당한 사상 때문에 적이 자기네를 죽일 거라고 여겼으리라. 남녘 사람들도 북녘 사람들과 같은 이유에서 그곳에 있는 것이었다. 그 이유인즉슨, 한국이라는 나라를 중요하게 생각지도 않는데 자기네 사상을 정착시키는 데에만 혈안이 된 국가들로부터 원조를 받으며 사람들을 세뇌시키고 염탐한 것을 바탕으로 승리를 거두면서 부조리를 만들어 낸 인물에게 정복당한 영토를 보호하기 위해서다. 정작 남녘 사람 북녘 사람들은 한 번도 손에 넣어본 적 없는 그 영토 말이다.

* * *

끝으로 참고로 밝히면, 그 독후감 응모 글에서 뽑혔던 분들의 상금은 우리네 대산문화재단의 지원을 받았었다. 이 자리에서 거듭 감사하다는 뜻을 보내고 싶다.

<해설>

「판문점」을 넘어서

조현일(원광대학교 교수)

1. 「판문점」의 '진수'가 나다

1932년 원산에 태어나 1·4 후퇴 때 월남한 이호철 선생이 문단에 최초로 등장한 것은 1955년의 일이다. 작가 이호철은 작고한 황순원 선생이 『탈향』과 『나상』을 추천하면서 등단하여 대표적인 전후 소설가로 활동하였다. 그러나 손창섭, 장용학, 선우휘, 오상원, 서기원 등 대부분의 전후 소설가들이 60년대 이후 작품 활동을 포기하거나 그 결과물들이 긴장감을 상실한 것에 반해, 작가 이호철은 60년대 들어 『판문점』(1961)과 『닳아지는 살들』(1962)로 현대문학상과 동인문학상을 수상하면서 오히려 문단의 각광을 받았다. 그럴 수밖에 없는 것이 거기에는 '무드의 미학'(천이두), '감정적인 정념'(유종호), 실향민의 '동정적 애수'(정명환)를 표현하던 작품 세계에서 벗어나 '상황성의 인식으로부터 벗어나 역사성의 발견'(권영민), '개인적인 현실로부터 사회적 사실로의 관심의 이동'(정명환), '감성적 세계에서 이성적 세계로의 전환'(김치수) 등으로 평가되는 한 차례의 치열한 자기 변신이 자리 잡고 있었기 때문이다. 그리하여 작가 이호철은 『소시민』과 같은 60년대 최고의 리얼리즘 작품을 창작하는가 하면, 70년대 이후에는 왕성한 작품 활동은 물론, 민주화 운동으로 인해 두 차례의 옥고를 치루는 등 실천적 지식인으로서의 면모까지 유감없이 발휘한다. 그리고 우리 사회의 모습이 근본적으로 변화했던 1987년 이후, 현재까지도 작품집 『남녘사람 북녘사람』(1996), 『이산타령 친족타령』(2001)과 장편 소설 『가는 세월 흐르는 사람들』(2011)을 발표하는 등 창작을 멈추지 않고 있다.

필자가 이전의 한 글에서 "도대체 이 힘은 어디로부터 연원하는 것일까라는 질문이 제시될 수밖에 없고 그 원동력을 밝히는 일은 중요한 문학사적 과제 중의 하나라 할 것이다."라고 쓴 바 있듯이 작가 이호철이 81살의 나이로 57년간 긴장감 있는 소설 창작을 계속하고 있다는 것은 놀라운 일이 아닐 수 없다. 작가의 개인적 능력 부족으로 인해 혹은 파란 많은 근대사로 인해, 우리의 작가들이 통상 20년 이상 문제적인 작품을 창작하는 경우는 매우 드물기 때문이다.

그러한 작가 이호철이 2012년 또 한 편의 소설, 「판문점 2」를 쓰고 1961년의 「판문점」을 함께 엮어 『판문점』이라는 소설집을 내놓았다. 과문한 판단일지 모르나 「판문점2」는 1996년 『남녘사람 북녘사람』 이후 작가 이호철이 주력한 두 가지 활동의 연장선상에 있다. 하나가 분단 문제에 대한 자신의 생각 피력하기라면, 다른 하나는 남북 분단의 근대사를 원경 혹은 근경으로 삼은 소설 쓰기가 그것이다. 『한살림 통일론』(1999), 『소설가 이호철이 겪은 남북한 반세기』(2003)가 전자를 대변한다면, 후자는 『이산타령 친족타령』(2001), 『별들 너머 저쪽과 이쪽』(2009), 『가는 세월 흐르는 사람들』(2011)로 대변된다. 그리고 양자 모두 분단 문제를 넘어서, 『이산타령 친족타령』에 대한 임규찬의 지적처럼

'생짜 민중'에 대한 탐구가 자리 잡고 있다. 그 근원에 관념성을 철저히 배제한 '사람됨', '사람살이'에 대한 작가 고유의 인간관과 세계관이 펼쳐져 있어 그 글과 작품들을 읽다 보면 삶에 대한 어떤 '경지'를 생각하지 않을 수 없다.

「판문점2」는 그간의 이러한 두 가지 활동이 결합된 작품이되, 특히 전자의 활동과 더 많이 관련된 작품이라는 점에서 의미 있다. 이번 작품집에 실린 「판문점」, 특히 「판문점2」에 대해 고찰하기에 앞서, 문제일 수밖에 없는 이호철의 창작 동력을 규명하기 위해 그의 문학관을 점검할 필요가 있다. 「판문점2」는 총 10장으로 구성되어 있는데, 그중 1, 2장의 경우 1961년 「판문점」을 창작할 당시의 상황과 심정이 제시되고 있어 소중한 문학사적 자료가 될 뿐 아니라 창작 동력으로 작용하는 그의 문학관의 일단을 잘 보여 주고 있기 때문이다.

이호철 문학관의 고유한 점은 무엇인가? 첫째는 예술가, 소설가, 그리고 지사라는 세 가지 존재에서 유래하는 팽팽한 긴장이다. 이호철은 「소설가의 자세」(1968)에서 자신의 문학관을 피력하면서 소설가의 바람직한 자세로 '언어의 마술'을 추구하는 예술가로서의 면모와 산문적 현실을 추구하는 소설가로서의 면모의 대립 · 긴장을 지적하고 양자의 종합의 필요성을 강조한다. 필자는 이에 덧붙여 지사로서의 면모를 덧붙이고 싶다. 그는 단순한 산문적 현실이 아니라, '역사의 맥락' 속에 자리 잡고 있는 일상을 포착해야 함을 주장한다. 이를 위해서는 루카치가 지적한 바 있듯이 현실에의 동참(Mitleben)이 필수적이다. 이호철은 당대 현실의 움직임에 끊임없이 동참하며 살아왔고, 그 자신은 꼭 지사가 되고자 하지 않았을지 모르나 그 과정에서 지사가 되어 버렸다. 우리 문학사에서 김동인, 염상섭, 이광수로 대변되는 세 가지 문학가, 문학관이 이호철에게는 공존하면서 긴장하고 있으니 지속적인 창작 동력이 되지 않을 수 없다.

둘째는 삶 곧 문학으로서의 문학관이다. 「판문점2」에서 작가는 「판문점」의 주인공 진수에 대해 다음과 같이 말하고 있다.

> 그 소설 속에서는 주인공 진수가 본시 서울 태생으로 설정되었지만, 사실은 불과 10년 전인 1950년 12월에, 서울 기준

으로는 1 · 4 후퇴 때, 북에서 막 월남해 왔던 작가 본인이 주인공이었던 것이다.

(「판문점2」 14쪽)

여러 차원이 공존하지만 주도적으로는 자본주의 후기 국면에 들어섰다고 할 수 있는 남한 사회에서는, 문학이 여러 전문 분야 중의 하나가 되고, 삶은 삶이고 문학은 문학인 게 되었다. 긍정 혹은 부정을 넘어서, 전국 대학에 개설되어 창작 직업인을 양산하는 문예 창작 학과나 문화 콘텐츠 학과의 존재가 이를 증명하며, 2000년대 이후 새롭게 등장한 엔터테인먼트 혹은 기분 전환으로서의 문학이 이를 증명한다. 이에 비할 때 「판문점2」에서 제시되고 있는 '「판문점」의 진수가 바로 나다'라는 작가의 주장은 삶은 곧 문학이라는 이질적인 관점을 단적으로 보여준다. 「판문점2」의 1장과 2장에서 작가는 4 · 19로부터 5 · 16까지의 사회적 상황과 작가의 개인사적 상황을 동시에 제시하면서, 작가의 1960년 9월과 1961년 5월의 판문점행이 판문점에 대한 소설 쓰기와 북에 있는 가족에게 자신의 소식을 알리기라는 두 가지 목적을 위해 이루어졌으며 특히 후자에 더 큰 이유가 있었다고 고백한다. 작품과 작가의 삶을 구성하는 사회적 상황, 즉 컨텍스트는 동일하며, 작가 개인의 소식 알리기가 곧 바로 소설 쓰기로 연결되는 바, 살아가기가 곧 소설 쓰기를 의미하였다고 볼 수 있는 것이다.

이러한 문학관이란 과연 어떤 의미를 갖는가? 해답은 아마도 다음과 같은 고백, 만약 북의 여기자를 만나 자신이 북의 고위직으로 있는 아무개의 조카라는 점을 밝히고 자신의 살아 있음을 전달한 사실이 남측 기관원에게 발각되었다면, 또 만약 두 번째 방문에서 소련의 정부 기관지 이즈베스챠 지와의 인터뷰를 승낙하고 4 · 19 직후의 남한 분위기에 편승하여 속마음을 그대로 드러냈다면 5 · 16 후 <민족일보> 사장 조용수 꼴이 되었을지도 모른다는 고백에 있을 것이다. 이호철에게서 '살아가기는 곧 소설 쓰기'란 단순한 일상의 삶, 소설 쓰기가 아니라 당대 사회의 치명적인 경계를 밟아가거나 가로지른 것을 의미한다. 그것은 끊임없는 실존적 · 사회적 긴장을 야기하고 창작의 동력이 될 뿐만 아니라 2000년대 이후의 문학이 산출할 수 없는 풍요로운 결과를 낳을 수밖에 없다.

2. 김정일 국방위원장 장례 과정의 충격과 「판문점2」

이상에서 살펴본 창작 동력의 차원에서 볼 때 「판문점2」는 어떠한가? 그것은 여전히 예술가, 소설가, 지사의 면모가 긴장 관계에 있되, 그리고 살아가기가 곧 소설 쓰기라는 문학관의 결과물이되, 예술가로서의 면모나 소설가로서의 면모보다는 지사로서의 면모가 승한 작품이라 할 것이다.

> (1) 둘이 지껄이는 분위기부터가 처음부터 그냥 이 서울 시정市井 속을 하루하루 살아가는 사람들의 소리들이어서, 영호 소리건, 진수 소리건, 영호, 진수, 어느 쪽에서 지껄이더라도 그저 그렇게 하나 마나 한 소리들 같아서……
>
> (12쪽)

(2) 그렇게 남편과 딸을 먼저 떠나보내고도, 세상에 무슨 미련이 남아 그래도 살아 보겠다고 하루하루 땔나무 넘겨받아 살고 있는 자기 신세가 새삼 가련해진다. 그래도 리금순이라는 자기 이름보다 정옥이 엄마라고 불러주는 것이 좋다. 사랑하는 남편과 딸이 옆에 있는 것 같기 때문이다.

(52쪽)

「판문점2」는 인용문 (1)에서 드러나듯 시정 속을 하루하루 살아가는 노인들이 '지껄이는 분위기', '하나 마나한 소리'와 말투로 두 노인의 대화를 제시함으로써 이호철 특유의 익살스러운 분위기를 창조하고 있다. 또 북한 주민의 여러 수기들, 예를 들어 '남편과 딸을 잃었음에도 자기 이름보다는 정옥이 엄마라고 불리는 것이 좋다'는 인용문 (2)와 같은, 생짜 민중의 생활 감정을 보여 주는 수기들을 소개하면서 그것들이야말로 근원적이며 현실적인 민중의 모습을 드러내고 있다고 주장한다. 이처럼 영호와 진수의 대화와 토론에서 나타나는 노년의 인물들의 흥미로운 말투와 분위기는 이호철 특유의 예술가적 면모의 일단을 보여준다. 그리고 조작된 것이건 아니건(작품 속에서 수기들은 NK지식인 연대에서 공개한 것으로 제시되며 "이 글들이 실제로 북한 사람들의 것인지의 사실관계는 영호 자신도 책임지지 못한다"라고 서술되고 있다) 북한 주민의 수기를 소개하고 그 진솔한 면모를 적극적으로 긍정하는 것은 그 자체로 이념이 아닌 현실 속의 민중을 추구하는 소설가로서의 면모를 잘 보여 준다.

그럼에도 「판문점2」가 지사의 면모가 승한 작품이라는 점은 첫째, 1960년에 함께 판문점에 갔던 진짜 기자 '영호'와 「판문점」의 주인공이자 작가인 '진수', 즉 지식인들이 50년 뒤에 주고받는 대화와 토론으로 작품 전체가 전개된다는 것, 둘째, 대화와 토론의 내용이 현재의 남북문제에 초점이 맞추어져 있다는 것, 셋째, 「판문점2」가 「판문점」을 재조명하면서 특히 북쪽 여기자와 진수의 토론에 초점을 맞추고 있다는 것에서 단적으로 드러난다.

앞서 언급하였듯이 「판문점2」는 2000년대 내내 지속되었던 이호철의 두 가지 활동의 연장선상에 있는 작품이지만 직접적인 창작 동기는 김정일 국방위원장이 사망하였을 때 장례 과정을 지켜보면서 받았던 충격에 있다.

(1) 북에서 김정일 국방위원장의 사망에 즈음해서 생생하게 드러나기도 한 화면 상의 현지 장례 과정까지를 아우르면서, 2012년으로 들어선 오늘의 우리 남북 관계에다 초점을 맞추어, 그 옛날에 썼던 그 소설 '판문점'의 반세기 뒤 후일담인 셈으로 '판문점2'라는 이 한 편을 다시 꾸려 내 보았다.

(「後記」 중에서)

(2) 한 나라 최고 권력층의 위세威勢가 어찌 저런 지경까지 될 수가 있는 것일까. 한 나라 정치라는 것이 어찌 저런 모습이 될 수도 있는가. 21세기에 들어선 오늘의 세계에서, 한 나라 우두머리의 위상位相이나 실상實像이 저 지경으로 어마어마해질 수도 있는 것인가.

(33쪽)

인용문 (1)의 「후기」에서 작가가 아울러 보려 했다는 김정일 국방위원장의 장례 과정은 소설 속에서 인용문 (2)와

같이 충격 그 자체로 묘사되고, 이러한 상황에서 "이제 앞으로 우리 남북 관계는 과연 어떤 방향으로 진행되어 갈 것인가"(32쪽)라는 문제의식을 낳는 것으로 그려진다. 충격 그리고 이를 어찌할 것인가라는 문제의식 속에서 남북문제에 대한 자신의 의견을 후일담이라는 문학 형식으로 개진하는 데 주된 목적이 있는 작품, 현실적 문제에 대한 적극적 참여 의식 속에서 쓰인 작품이 「판문점2」인 것이다. 충격이 크고 시급한 만큼 예술가, 소설가로서의 면모가 발휘되기보다는 (1) 토론과 대화의 형식이 주된 형식이 되고, (2) 남북문제가 주요 의제가 되며, (3) 1961년 「판문점」 역시 작품 속의 토론 장면이 주목의 대상이 된 것이라 볼 수 있을 것이다.

3. 전환점으로서의 「판문점」

「판문점2」에서 주목할 점은 바로 이 세 가지라고 할 수 있겠는데, 이에 대해 논하기에 앞서 논의의 편의를 위해 우선 1961년 「판문점」에 대해 살펴보자. 1961년 「판문점」이란 어떤 작품인가? 필자의 판단에 따르면, 1961년의 「판문점」은 이호철이 1950년대의 작품 세계에서 벗어났음을 보여주는 결정적인 작품이다. 이호철은 모든 인간적 가치가 무너져 내린 전쟁 직후의 절망적 상황에서, 『탈향』(1955), 『나상』(1956) 등의 작품을 통해 인간이면 누구나 갖고 태어날 수밖에 없는 연민, 동감 등의 도덕 감정과 그로 인한 눈물에 호소하면서 자기 나름의 윤리학을 개척했다. 작가 자신 의식적이지 않았을지 모르나, 이성이 아닌 감정에서 윤리적 행위의 가능성을 보았던 스미스, 흄 등의 18세기 자유주의 윤리학과 궤를 같이하고 있었던 것이다. 반면 이호철이 이러한 작품 세계에서 한 걸음 나아간 모습을 보여 준 것이 4·19 직후 발표한 『여울』(1960.6), 『진노』(1960.7), 『용암류』(1960.11), 『판문점』(1961.3) 등의 작품이다. 이호철은 이 작품들을 통해 실향민의 슬픔, 서러움 등의 '감정적인 정념'(유종호), '동정적 애수'(정명환)를 표현하던 것에서 벗어나, 감정적 둔감함을 특성으로 한다는 점에서 이러한 감정들과는 매우 다른 '권태' 혹은 '지루함'이라는 마음의 상태를 표현하고, 윤리 및 윤리적 주체에 대한 탐구를 넘어서 정치 및 정치적 주체에 대한 탐구로 나아갔다. 그 끝에 있는 작품이 「판문점」인 바, 「판문점」은 '권태'와 '정치 및 정치적 주체'에 대한 탐구가 두 축을 이루고 있는 작품이라 할 수 있다.

『여울』과 『용암류』의 주인공들은 모두 '저 아득한 지루함, 하루하루의 권태, 비록 자기뿐만 아닌 이 바닥의 썩어 문드러진 권태'(『여울』), '지독한 무위와 권태'(『용암류』)에 휩싸여 있다가 '무언가가 달라져야겠다'(『여울』), '무슨 일이라도 일어나긴 일어나야겠어'(『용암류』)라는 기대 속에서 4 · 19에 참여하는 것으로 그려진다. 어원상 시간의 길어짐(Langweile)을 의미하는 권태는 산업화, 도시화 등으로 인해 삶이 기계적으로 반복될 때 발생하는 철저히 역사적인 '모더니티 경험, 모던한 시간성 경험'(E. S. Goodstein)이다. 이를 고려하면 권태가 문제시되고 있다는 것 자체가 이호철이 전쟁 체험에서 벗어나 근대적 대도시인의 마음 상태를 탐구하기 시작했다는 것을 의미한다. 더욱이 권태는 통상의 생각과는 달리 극단으로 밀고 나아갈 때, 실존적 결단의 순간으로 전환될 적극적 가능성을 담고 있으며(하이데거), '위대한 행위로 나아가는 문지방'(벤야민)의 의미를 갖기도 한다. 권태로 인해 4·19에 참여하는 『용암류』와 『여울』의 주인공은 이러한 권태의 가능성을 매우 잘 보여 준다. 「판문점」 역시 작품을 둘러싸고 있는 무드는 권태다. 형과 형수의 방을 묘사하는 전반부가 그러하고, 판문점에 다녀온 후 제시되는 주인공의 일상, 형과 회사 상사들이 부부동반으로 벌이는 댄스파티에 대한 묘사가 그러하다. 북의 여기자가 꿈속에 나타나서 진수에게 하는 다음과 같은 말은 「판문점」을 지배하는 권태를 요약해서 제시하고 있다.

이를테면 당신 말대로, 졸음이 오는 듯한 그 남쪽 분위기, 기지개를 켜는 듯한 감미한 맛, 적당하게만 퇴폐적인 것이 풍기는 그 완숙한 냄새, 조금쯤 무리를 해도 용서가 될 듯싶은 펑퍼짐한 언덕 같은 관용, 조금쯤 쓸쓸하고 괴괴한 분위기, 때에 따라서는 애교에 넘친 적당한 허풍, 당신들이 자유라고 일컫는 그 권태가 섞인 분위기는 확실히 짙은 냄새로 휩싸아요. 반드시 악착같이 정연한 논리로 쓸모 있게 사느니보다, 여유 있게 자기를 누리는 맛, 누리는 것은 거드럭거리는 거지요. 곧

> 진력이 나고 권태가 오고, 그렇지만 사는 맛치고는 최고급일 거야요.
>
> (200~201쪽)

그러나 동일하게 권태를 표현하면서도, 「판문점」은 이전 작품과 중요한 차이를 보이고 있다. 이전 작품들은 권태를 50년대 후반의 지배적인 무드로 제시하면서, 4·19에의 참여를 의미하는 정치적 행동, 즉 '위대한 행위로 나아가는 문지방'으로 그려 낸다. 반면 「판문점」은 권태를 지배적 무드로 제시하되, 혁명이 아니라 남한의 '자유'와의 관계 속에서 그려 낸다. 인용문에서 북의 여기자가 '자유라고 일컬어지는 그 권태 섞인 분위기', '곧 진력이 나고 권태가 오고'라고 말하는 것에서 알 수 있듯이 권태는 '자유'로부터 온다는 또 다른 관점을 제시하고 있는 것이다.

도대체 어떤 자유이기에 권태로 귀결되는가? 이에 대한 해답은 북의 여기자와 진수가 작품 속에서 벌이는 토론 장면에서 찾을 수 있다. 토론의 주제는 '남북 교류'와 '자유' 두 가지이다. 4·19와 5·16에 이르는 상황에서 이 두 가지는 당대 정치의 핵심을 건드리는 문제들이었던만큼 이에 대해 어떤 관점을 갖느냐가 해당 주체의 정치관, 그리고 그가 어떤 정치적 주체를 지향하는가를 결정한다고 볼 수 있다. 「판문점」은 토론 장면을 통해 이 두 가지 문제에 대해 명확한 관점을 제시함으로써 4·19를 계기로 여러 작품들에서 이루어졌던 '정치 및 정치적 주체'에 대한 탐색의 최종적인 도달점을 보여 준다.

첫째, 작가 자신이라고 볼 수 있는 진수는 "교류를 하면 교류가 되는 거예요"라고 북의 여기자가 주장할 때, 지금의 관점으로는 이해하기 힘들지만, 남북 교류를 거부한다.

> 그렇게 간단간단히 생각하는 건 당신들의 상투적인 생각이고, 이편 경우는 또 이편 경우거든요. 이편의 내력이 또 있어요. 철저한 현실주의가 작용하는 거지요. 막 하는 말로, 먹느냐 먹히느냐 하는 측면 말이지요. 우리, 조금 더 얘기가 솔직해져야겠군요.
>
> (「판문점」 180쪽, 「판문점2」 26쪽)

왜일까? 당대의 상황을 재고해 볼 필요가 있다. 남북 교류가 중요한 화두로 등장한 것은 4 · 19로 인해서였다. 4 · 19로 인한 정치적 열기가, 이전에는 금기시되었던 평화통일론에 대한 공감대를 넓히고(조봉암이 사형선고를 받은 이유 중의 하나가 평화통일론을 주장하였던 것에 있었다는 점을 떠올릴 필요가 있다) 남한만의 정치혁명을 넘어서 남북한 체제를 극복하고자 하는 통일 운동으로 확산되었다. 북한의 경우 60년 '8 · 15 경축대보고'에서 과도적 연방 제안을 제안하고, 남한의 경우 1961년 초 급진적인 혁신운동세력(민족자주통일협의회)이 민족자주적 평화통일론을 제기하면서 공히 남북 교류를 주장하고 나섰던 것이다. 남북교류에 대한 긍정은 이 두 가지 노선에 대한 어느 정도의 찬성을 담고 있었는데, 주목할 점은 북의 남북 교류 주장이 전후 경제 복구에 성공한 결과를 기반으로 하고 있었다는 점이며 따라서 민자통 노선의 옳고 그름을 떠나 남북 교류를 주장한다는 것 자체가 현실적으로 북이 주도권을 가질 수밖에 없었다는 점, 북으로의 흡수통일이라는 전망을 낳고 있었다는 점이다. 북의 여기자가 "자기 운명을 자기가 쥐고 있다"는 민족주의적 입장에서 남북 교류를 주장할 때, 진수가 "먹고 먹히느냐"의 문제라며 "조금 더 솔직해져야겠군요"라고 거부하는 것은 북의 주장에 대한 거부이자 동시에 4 · 19 공간의 막바지, 즉 1960년 후반부터 등장하여 1961년 5월에 대중운동으로 급속히 확산된 정치 노선에 대한 명확한 반대를 의미한다. 이호철은 『진노』, 『용암류』 등 4 · 19를 계기로 정치적 정열에 대한 긍정의 모습을 보이고 있지만 이 정치적 정열의 급진적 모습에 대해서는 거부하고 있는 것이다.

둘째, 샹탈 무페의 주장처럼 '자유민주주의'가 근대 사회의 이질적이면서도 근본적인 두 정치관, 즉 자유주의와 민주주의의 접합으로 이루어졌다 할 때, 「판문점」은 '자유'에 대한 토론을 통해 '자유민주주의'에 늘 공존하며 갈등할 수밖에 없는 두 가지 자유관에 대한 명확한 관점을 제시한다.

> (1) 자유의 진가는 그 사회 나름의 일정한 도덕적 규범과 인간적 품위와 결부가 되어서 비로소 제대로 설 수 있는 것이지요. 자유 이전에 정의가 있어요. (중략) 자유에 대한 옳은 인식도 없고, 일정한 이념도 없고, 있는 것은 그날그날의 동

물적인 희뿌연 자기밖에 없어요. 비트적거리고 주저앉고 싶은 자기…….

(「판문점」 181~182쪽, 「판문점2」 27~28쪽)

(2) 그럼, 자기를 팽개치고 무엇이 남아요. 놀고 싶고 적당히 나쁜 짓 하고 싶은 자유란 최고급이지요. 사람은 원래 그렇게 생겨 먹었어요. 그것을 크낙한 관용으로 받아 안을 수 있는 사회가 있어요. 부피와 융통이 있는 그런 것이 적당히 용서가 되면서도 전체로 균형이 잡혀 있는…….

(「판문점」 182쪽, 「판문점2」 28쪽)

이시야 벌린은 자유를 다른 사람에게 방해 받지 않고, 하고 싶은 것을 하는 '소극적 자유'(자유주의)와 스스로 주인이 되고자 하는 '적극적 자유'(민주주의)로 구별한다. 그리고 적극적 자유를 주장하는 경우, 이상적 · 자율적 자아와 욕망에 의해 지배되는 경험적 · 타율적 자아를 구별하면서 이상적 자아로 경험적 자아를 훈육해야 한다는 관점이 자리 잡고 있다고 주장한다. 이에 따를 때 여기자와 진수는 각각

전형적인 적극적 자유와 소극적 자유의 대변자이다. 여기자는 '도덕', '정의'를 추구하는 이상적 자아로써 '비트적거리고 주저 앉고 싶은' 경험적 자아를 훈육해야 한다고 보면서 스스로 주인이 되고자 하는 적극적 자유를 주장하고 있는 것이며, 진수는 훈육을 거부하고 '놀고 싶고 적당히 나쁜 짓 하고 싶은' 욕망에 의해 지배되는 경험적 자아의 자유, 하고 싶은 것을 하는 소극적 자유를 주장하고 있는 것이다.

앞서 제시한 질문, 즉 도대체 어떤 자유이기에 권태로 귀결되는가라는 질문에 대한 해답이 여기서 밝혀진다. 소극적 자유가 바로 그것이다. 레슬리에 따를 때 자유주의 사회에서의 권태는 사적 영역에서 정치적인 삶을 위한 자기 육성의 영역이라는 관념이 소멸되는 것과 밀접한 관련이 있다. 소극적 자유만을 주장할 때 사적 영역에서 사회적 선을 위한 자기 육성이라는 의무가 사라지는 바, 삶이 공허해지며 권태가 올 수밖에 없다는 것이다. 북의 여기자의 주장은 이와 다름이 없는데, 진수 역시 이에 동조함으로써 소극적 자유의 한계 또한 분명히 한다고 볼 수 있다. 요컨대 이호철은 4 · 19 직후의 작품들을 통해 권태의 양가적 모습, 즉

혁명적 행위로 나아가게 하는 긍정적 측면(「여울」, 「용암류」)과 소극적 자유로부터 오는 부정적 측면(「판문점」) 모두를 보여 준다.

「판문점」은 두 가지 자유관을 팽팽히 제시하면서 소극적 자유의 한계를 지적하고 적극적 자유의 가치 또한 긍정한다. 그럼에도 진수가 곧 이호철이라는 점을 고려하면 「판문점」은 적극적 자유로 인해 소극적 자유의 가치가 부정될 수 없으며, 소극적 자유가 보다 근본적이라는 입장에 서 있다. '자유민주주의'(오해를 피하기 위해 이때의 자유민주주의는 샹탈 무페가 자유주의와 민주주의의 접합으로 간주하는 자유민주주의이며 사회민주주의까지도 포함하는 정치관이라는 점을 밝힐 필요가 있겠다)의 이념하에 적극적 자유(민주주의, 민족주의, 사회민주주의)와 소극적 자유(자유주의)를 동시에 주장하면서 보다 근본적으로 소극적 자유(자유주의)의 가치를 주장하는 것이 4 · 19 공간에 이호철이 도달한 최종적인 '자유민주주의' 정치관이라 할 수 있다. 이는 혼란이라기보다는 오히려 생산적인 긴장을 의미한다. 비록 근본적인 한계를 가지고 있다 할지라도 '자유민주주의'가 끊임없는 긴장과 갈등 속에서 발전하듯이 이 두 가지 정치관, 자유관의 긴장은 이호철의 리얼리즘을 가능케 하는 정치적 힘이 된다고 할 수 있기 때문이다.

4. 남북문제의 세 가지 해법

기념비적 작품일수록 다양한 해석이 가능하기에 이상에서 전개한 「판문점」에 대한 논의는 필자의 또 하나의 해석에 불과하다. 그렇다면 정작 작가 자신은 50년이 지난 현 시점에서 「판문점」을 어떻게 바라보고 있으며, 「판문점」에서 무엇을 문제 삼고 있는가?

첫째, 「판문점」의 토론 장면만 유독 길게 인용하고 있다는 점이 주목된다. 이는 앞서 언급한 바 있듯이 「판문점2」가 예술가 · 소설가로서의 면모보다는 지사로서의 면모가 승한 작품으로서 지적 토론이 중심을 이루는 작품이라는 점을 드러낸다. 「판문점」의 한 측면을 이어받아 50년이 지난 현재의 상황에서 '후일담'의 형식으로 또 다른 토론과 대화를 나누는 것이 「판문점2」라고 할 것인데, 북의 여기자와 남의 소설가가 나누는 토론이 아니라 남의 전직 기자와 원로 작가가 나누는 토론 · 대화로 작품 전체가 전개된다는 데서 결정적인 차이를 보인다. 남 · 북의 토론이 아니라 남 · 남의 토론이라는 점은 매우 상징적인 의미를 갖는다. 두 가지 '자유' 중 어떤 자유를 지지하는가에 따라 남과 북의 정치체제 중 어느 것을 지지하는가가 결정된다는 점을 고려하면, 「판문점」에서 이루어진 '자유'에 대한 토론은 1960년대 초반까지도 남과 북의 체제 중 어떤 체제가 더 우월한가라는 문제가 합리적인 토론의 대상이 될 수 있었으며, 근본적인 차원에서 양자 모두 자유와 민주를 지향하고 있었으나 해석이 달랐을 뿐이라는 점을 보여 준다고 할 것이다. 반면 「판문점2」에서 남 · 남의 토론만이 제시된다는 것은 2012년 현재 상황이 근본적으로 변화하였음을 상징적으로 드러낸다. 현실 사회주의의 붕괴로 인해 사실상 북은 토론의 주체가 될 수도 없고, '자유' 역시 토론의 대상이 될 수도 없게 된 것이다. 칼 슈미트에 따를 때 자유주의를 한마디로 정의하면, 정치적 적대성을 대화와 토론으로 순치시키는 정치사상 혹은 제도라 할 수 있다. 이에 대해 긍정적일 수도 있고 부정적일 수도 있지만 토론과 대화가 자유주의의 핵이라는 점은 분명하다. 이를 고려하면 사회민주주의를 지향하는 자유주의자 이호철에게 북이 토론과 대화의 상대가 아닌 존재가 되었다는 것은 사실상 존재 이유를 상실한 존재가 되었다는 것을 의미하는 것이다.

> 시간과 세월이 엮어 내는 역사役事는 저 하늘 말고는 어느 누구도 상상조차 할 수 없게 기괴까지 하여, 이 남쪽에서 살고 있는 우리로서는 오로지 악연해질 뿐이지.
>
> (「판문점2」 118쪽)

<보천보 사건>을 일으켰던 민족 영웅, 김일성이 지도하였던 북은 이제 영호의 말처럼 '기괴'하고 '악연'한 존재로 남아 있을 뿐인 것이다. 이 점에 있어 영호와 진수의 판단은 동일하며, 그로 인해 영호와 진수가 나누는 말들 전체는 '토론'이라기보다는 '대화'로 다가오기까지 한다.

둘째, 「판문점」의 토론 내용 중 '자유'보다는 '남북 교류'

에 초점을 맞추고 있다는 점이 주목된다. 「판문점」의 토론을 재인용하면서 작가가 자유 문제와 관련한 어떤 언급도 하지 않고 있다는 것은 4·19를 전후해서 형성되었고 「판문점」을 통해 제시된, 그리고 '자유'를 놓고 벌이는 토론에서 명확히 제시되던 이호철 고유의 정치관이 현재까지도 유효함을 암시한다. 그것은 소극적 자유를 근본으로 하되 사회민주주의까지 적극적으로 수용하는 '자유민주주의' 정치관으로서 현실사회주의의 몰락 직후 구 공산권과 유럽의 상황에 대해 서술하고 있는 『세기말의 사상기행』(1993)에서 좀 더 풍부히 제시되기도 하는데, 이번에 새로 쓴 「판문점2」의 경우도 작품 전체에 걸쳐 북을 바라보는 정치적 관점의 근간을 이루며, 영호와 진수 사이에서 이루어지는 대화와 토론의 기본 전제에 해당한다.

(1) 김일성 수령의 증손자, 고손자, 그 가계 자손들 우두머리들을 백 년, 천 년, 무한정으로 그렇게 모셔 갈 예정인가. 고려조의 왕씨 가계나 이씨 조선의 왕족들 가계마냥.

(「판문점2」 117쪽)

(2) 정치라는 것이 근본적으로는 사람들의 하루하루 살림살이라는 것을 전혀 도외시度外視하고 있었으니까.

(판문점2」 62쪽)

(3) 1924년 그때 레닌이라는 사람이 그렇게 죽지 않고 몇 년만 더 살았더라도, (중략) 오늘의 북유럽 사회민주주의 같은 러시아로 이어 가지 않았을까?

(「판문점2」 77쪽)

「판문점2」는 작품 전체에 걸쳐 북에 대해 비판적 분석을 시도하는데, 그 핵심은 인용문 (1)과 (2)에서 제시되는 두 가지, 즉 북이 군주정으로 전락하였다는 비판과 사람들의 하루하루의 살림살이를 도외시하여 비참한 지경에 이르게 했다는 비판이다. 이러한 비판들은 월남한 작가로서 수십 년간 지속적으로 북한 체제를 사고했던 이호철이 아니고서는 제기할 수 없는 비판으로서 그 구체성으로 인해 읽는 이의 실감을 자아내게 하고 문제의 심각성을 새삼 깨닫게 하는 한편, 「판문점2」가 「판문점」에서 확립된 정치관의 연장선상에 있다는 점을 알 수 있게 해준다. 우선 이호철이 「판문점」에서 적극적 자유의 가치를 인정하면서도 보다 근본적인 것이 소극적 자유의 가치라고 주장하였고, 북의 군주정이란 이 소극적 자유를 상대적으로가 아니라 절대적으로 말살한 정치체제라는 점을 생각하면 「판문점2」가 인용문 (1)에서처럼 군주정으로 전락한 북에 대해 비판하면서 지속적으로 문제 삼는 것은 「판문점」에서 확립된 이호철 고유의 '자유민주주의'가 용납할 수 없는 최후의 지점과 관련이 있기 때문이라는 것을 알 수 있다. 그리고 소극적 자유란 생활의 현장에서는 저마다의 살림살이를 꾸려 나가는 것임을 의미할 수밖에 없고, 이 소극적 자유를 근본적 가치로 여길 때 정치란 '다양한 사람들의 하루하루 살림살이'를 보살피는 것을 의미할 수밖에 없다는 점을 고려하면 인용문 (2)가 결국 「판문점」의 정치관이 더욱 구체화되고 풍부화된 비판임을 알 수 있을 뿐 아니라, '하루하루 살림살이'의 중요성과 이호철이 『한살림 통일론』에 이어 지속적으로 이와 같은 논의를 펼치는 이유를 이해할 수 있다. 또한 이호철의 자유주의가 사회민주주의까지 아우른다는 것은 그간의 여러 글들에서 확인될 뿐만 아니라 「판문점2」에서도 여전한데, 이는 레닌이 죽지 않고 스탈린을 몰아내려는 계획을 이루어냈다면 러시아 역시 사회민주주의 국가가 되지 않았을까 라고 하며 안타까워하는 인용문 (3)에서 잘 드러난다.

「판문점2」가 '자유'와 관련하여서 「판문점」의 연장선상에 있다고 한다면 '남북 교류' 혹은 '남북문제'와 관련하여서는 어떠한가? 필자의 판단으로는 이 질문이야말로 「판문점2」의 핵심에 해당한다. 전직 신문 기자 영호와 원로 소설가 진수의 말들이 대화가 아니라 토론과 논쟁으로 전환되는 것도 바로 이 지점에서이다. 사실상 영호는 진수의 또 하나의 분신으로서 작품의 상당 부분에서 뚜렷한 대립점을 찾기 힘들다. 북의 체제에 대해 비판할 때는 물론이고 백낙청 선생의 '2013년 체제 만들기'에 대해 비판할 때도 앞서 제시한 정치관에 기반하여 영호와 진수는 공통된 견해를 피력한다.

(1) '2013년 체제 만들기'라는 제의는 그 당당한 논조에 비해서, 정작 그 끝머리의 맞상대인 현 '북한'에 대한 이야기가

너무너무 송두리째 빠져 있었어.

(「판문점2」 109쪽)

(2) 저 지경으로까지 가 있는 저 북한 권력을 상대로 그러저러하게 무슨 일을 벌인다? 나는 그냥 두 손 들고 말겠어. 미안하지만!

(「판문점2」 108쪽)

(3) 그래. 바로 그만한 정리로서도 저런 저 북쪽 권력까지를 그냥저냥 무시할 수만은 없잖아.

(「판문점2」 114쪽)

두 사람 모두 군주정으로 전락한 북의 체제에 대한 거부감은 진수의 표현대로 '원천 감각'으로 작용하고 있어 '2013년 체제 만들기'에 대해서 동일하게 인용문 (1)에서처럼 북한에 대한 이야기가 송두리째 빠져 있다는 것이 결정적인 한계라고 비판한다. 그러나 남북 교류 혹은 통일 문제와 관련하여서는 상반된 견해를 피력한다. 남한 출신의 은퇴한 기자 영호가 인용문 (2)에서처럼 그 거부감으로 인해 아예 생각조차 하지 않으려 한다면 월남한 원로 소설가 진수는 어떻게 해서든 껴안고 넘어서려 하며 영호를 설득하려 한다. 그러나 도대체 어떻게 해야 북을 대상으로 남북 교류를 하고 통일로까지 나아갈 수 있단 말인가? 단순화한다면 이호철이 제시하는 해법은 크게 세 가지이다.

(1) 우리 남북 관계 속에서도 '효율'이라거나 '전략'이라거나 그런 것이 주종이 되는 것이기보다는, 바로 '진정한 마음', 저 테레사 수녀의 맑고 투명한 마음에 안받침된 참된 '성심'이어야 한다는 것을 강조하기 위해서이다.

(『한살림 통일론』 47쪽)

(2) 북한 권력 쪽에서도 귀가 번쩍 열리며 아, 이게 웬 떡이냐 하고 와락 두 팔 벌리고 받아들일 수 있는, 그럴만한 수준으로 그 어떤 엄청난 방안이 되어야 할 것이란 말이지.

(「판문점2」 67쪽)

(3) 개성공단을 두고서나 자네가 방금 언급한 그 북한의 지하자원 문제나, 정작 남북 간의 당면한 문제들에서는 소통 정도가 아니라 더 깊이……. 안 그래?! 되레 아주아주 현실적으로, 생산적으로, 깊이 들어가 있기도 하는구먼.

(「판문점2」 105쪽)

첫째는 인용문 (1)에서 제시되고 있듯이 효율이나 전략, 이기느냐 지느냐라는 문제를 떠나 '진정한 마음'으로 남북 관계를 바라보아야 한다는 점이다. 이호철의 관점에서 이는 남북 관계를 풀어 나가는 해법 중 가장 근본적인 전제에 해당한다. 「판문점2」에서 영호가 백낙청이 남북 연합을 주장할 때 남쪽의 주도권을 선점하려는 정치적 야심이 있는 것이 아니냐고 말했을 때 진수가 '와락 역정을 쓰며 대번에 주먹질이라도 할 듯이 길길이 뛰었던 것'이나, 백낙청의 주장에 대해 그 한계에도 불구하고 '오직 그이의 진정이었음'을 믿게 되고 작가 나름의 새로운 해석을 내놓는 것은 모두 이와 관련이 있다. 둘째는 인용문 (2)에서 제시되는 것처럼 북한 권력이 귀가 번쩍 열릴 만한 엄청난 방안을 제시하는 것이다. 그리하여 이호철은 작품 곳곳에서 냉전적 사고, 보수와 진보라는 재래의 관념을 벗어난 '새로운 천지개벽과 맞먹는 대북 정책'(「판문점2」 86쪽), '파천황의 투자'(「판문점2」 126쪽)를 주장하는가 하면, 실제로 이루어졌던 정주영 회장의 귀향처럼 돈 많은 월남민의 조건 없는 귀향을 주장하기도 한다. 셋째는 인용문 (3)에서 제시되듯 남북 교류는 이념을 떠나 살림살이의 공유로부터 시작해야 한다는 것이다. 여기에는 김정은 체제가 해결해야 할 시급한 문제가 북한 민중의 살림살이 문제라는 현실 판단과, 모든 인간사의 기본은 경제적 살림살이의 문제로부터 시작된다는 이호철 고유의 관점이 자리 잡고 있다. 작품의 마지막에서 대만과 중국의 예를 통해 제시되는 통일관, 즉 강압적인 통일이 아니라 교류를 증대시키면서 이루어지는 자연스러운 통일이라는 관점은 이 세 가지 해법의 당연한 귀결이라 할 것이다.

(1)과 (3)의 경우 이호철이 『한살림 통일론』(1999)에서 본격적으로 제시하여 현재까지 지속적으로 주장하고 있는 관점이라는 점에서 「판문점2」는 이호철의 그간의 통일론이

작품 전체에 녹아 들어가 있는 작품이라고 할 수 있다. 그리고 「판문점2」에서 제시하고 있는 해법들은 월남한 작가로서 이호철이 수십 년간 고민한 결과이며, 현재의 시점에서 남북 교류와 장기적 통일을 위해 지키거나 수행해야 할 근본적인 전제와 원칙들에 해당한다는 점에서 매우 중요한 의미를 갖는다.

이상에서 살펴본 것처럼 「판문점2」는 북이 군주정으로 전락한 악연한 현실과, 「판문점」이 쓰일 당시의 사사로운 의사소통마저 존재하지 않는 듯한 현실 인식에서 출발하여, 토론과 대화의 형식을 빌어서 영수로 대변되는 남한 사람들의 의식을 일깨우고, 남북 교류와 오랜 세월에 걸칠 통일을 위한 여러 해법들을 제시하고자 한 작품이다. 이 작품을 읽다 보면 과연 이것이 제대로 된 전략일까 하고 질문하게 된다. 또한 백낙청 선생의 '2013년 체제 만들기'에서 남북 연합을 통해 남북 체제를 관리해야만 하는 핵심적인 이유로 남한의 존재 자체가 북에게 위협이 되기 때문이라고 한 구절을 떠올리며 이호철 선생의 해법들이 쉽게 이루어질 수 있을까, 혹은 1961년과 달리 2012년 남북 교류를 주장하는 것도 현재의 역사에 대한 일방적인 긍정을 의미하는 것이 아닐까라는 의문도 들게 만든다. 그러나 그러한 생각들이야말로 이호철 선생이 배격하는 먹물의 자세, 혹은 이호철 선생이 그토록 주장하는 남북 문제를 바라볼 때의 '진정한 마음'이 없어서가 아닐까? 여하튼 분명한 것은 「판문점2」를 읽다 보면 월남 작가의 고뇌에 동감하면서 많은 깨달음을 얻게 된다는 점이다. 그리하여 북을 바라볼 때 '진정한 마음'으로 사사로운 욕망을 버리고 한편으로는 파천황, 천지개벽과 같은 대북 정책이 필요하며 다른 한편으로는 그것과는 상관없이 남북이 한 살림을 꾸려내야겠구나라는 생각을 갖게 만든다.

> 어느 날엔가는 남북 간의 그런 산적해 있던 문제들도 어? 하고 자신들도 미처 의식해 볼 틈도 없이 어느새 자연스럽게 하나하나 해결이 나 있는 것을, 그들 자신부터가 와락 놀라움 섞어 보아 내며 알아차리게 되지는 않을까.
>
> (「판문점2」 129쪽)

그리고 무엇보다도 군주정으로 전락한 북의 저 놀라운 현실을 새삼 깨닫고 절망하게 되면서도 또 한편으로는 인용문에서 제시되는, 그러나 노력하다 보면 '자신들도 미처 의식해 볼 틈도 없이 어느새 자연스럽게 하나하나 해결'이 될 것이라는 이호철 특유의 낙관주의를 배우게 되고 그것이야말로 '바로 세상 흘러가는 진면목'(「판문점2」 105쪽)일 것이라는 깨달음을 얻게 되는 것이다.

後記

「판문점」은 1961년에 『사상계』 3월호에 발표되었던 단편소설로 작금년에는 세계 여러 나라에 번역 · 출간되어 있고, 미국과 일본에서는 아예 단편소설집의 표제로 되어 있을 정도여서, 내 단편소설 중의 대표작의 하나로까지 널리 알려져 있다. 하지만 그로부터 꼭 반세기, 50년이 경과한 2012년 오늘에 서서 보면, 어느 일면으로는 곤혹스러운 느낌에서 헤어날 수가 없다. 그 단적인 예로, 그 소설 속에서는 우리의 남북이 통일되는 시기를 1980년대 말쯤으로 잡고 있었는데, 그런 정도로 쉽게 예견하고 있었다는 점부터 지금에 와서 다시 돌아보면 쑥스럽기 그지없다.

하여 이참에, 북에서 김정일 국방위원장의 사망에 즈음해서 생생하게 드러나기도 한 화면 상의 현지 장례 과정까지를 아우르면서, 2012년으로 들어선 오늘의 우리 남북 관계에다 초점을 맞추어, 그 옛날에 썼던 그 소설 '판문점'의 반세기 뒤 후일담인 셈으로 '판문점2'라는 이 한 편을 다시 꾸려 내 보았다.

2012년 11월, 불광동에서 이호철